U0560552

· 阅读，与最好的自己相遇 ·

梁晓声散文精选

梁晓声

Liang
Xiaosheng

著

为青少年读者
量身打造的经典读本

长江出版传媒 | 荣文书局

图书在版编目（CIP）数据

梁晓声散文精选：青少版 / 梁晓声著. -- 武汉：
崇文书局，2022.9
ISBN 978-7-5403-6689-6

Ⅰ．①梁… Ⅱ．①梁… Ⅲ．①散文集－中国－当代
Ⅳ．① I267

中国版本图书馆 CIP 数据核字（2022）第 087284 号

责任编辑：高　娟
责任校对：董　颖
责任印制：李佳超

梁晓声散文精选：青少版
Liang Xiaosheng Sanwen Jingxuan：Qingshaoban

出版发行：长江出版传媒｜崇文书局
地　　址：武汉市雄楚大街 268 号 C 座 11 层
电　　话：(027)87677133　邮政编码　430070
印　　刷：中印南方印刷有限公司
开　　本：640mm×900mm　　1/16
印　　张：13.75
字　　数：130 千字
版　　次：2022 年 9 月第 1 版
印　　次：2022 年 9 月第 1 次印刷
定　　价：34.80 元
（如发现印装质量问题，影响阅读，由本社负责调换）

目录

亲情如水

爱是双向的。只有父母对孩子的爱，

没有孩子对父母的爱，这种爱是不完整的。

父母养育孩子，子女尊敬父母，

爱是人间共同的情怀和关爱。

母　亲

　　淫雨在户外哭泣，瘦叶在窗前瑟缩。这一个孤独的日子，我想念我的母亲。有三只眼睛隔窗瞅我，都是那杨树的眼睛。愣愣地呆呆地瞅我，我觉得那是一种凝视。

　　我多想像一个山东汉子，当面叫母亲一声"娘"。

　　"娘，你作啥不吃饭？"

　　"娘，你咋的又不舒坦？"

　　荣成地区一个靠海边的小小村庄的山东汉子们，该是这样跟他们的老母亲说话的么？我常遗憾它之于我只不过是"籍贯"，如同一个人的影子当然是应该有而没有其实也没什么。我无法感知父亲对那个小小村庄深厚的感情。因为我出生在哈尔滨市，长大在哈尔滨市。遇到北方人我才认为是遇到了家乡人。我大概是历史上最年轻的"闯关东"者的后代——当年在一批批被灾荒从胶东大地向北方驱赶的移民中，有个年仅十四岁孑然一身、衣衫褴褛的少年，后来成了我的父亲。

"你一定要回咱家去一遭！那可是你的根土！"

父亲每每严肃地对我说，"咱"说成"砸"，我听出了很自豪的意味儿。

我不知我该不该也同样感到一点儿自豪，因为据我所知那里并没有什么值得自豪的名山和古迹，也不曾出过一位什么差不多可以算作名人的人。然而我还是极想去一次。因为它靠海。是中国海岸线的最东端，是大陆伸向海洋的东极地。

可母亲的老家又在哪里呢？靠近什么呢？

母亲从来也没对我说过希望我或者希望她自己能回一次她的老家的话。

母亲是吉林人么？我不敢断定。仿佛是的。母亲是出生在一个叫"孟家岗"的地方么？好像是，又好像不是。也许母亲出生在佳木斯市附近的一个地方吧？父亲和母亲当年共同生活过的一个地方吗？

我很小的时候，母亲常一边做针线活，一边讲她的往事——兄弟姐妹众多，七个或者八个。有一年农村闹天花，只活下了三个——母亲、大舅和老舅。

"都以为你大舅活不成了，可他活过来了，他睁开眼，左瞧瞧，右瞧瞧，见我在他身边，就问：'姐，小石头呢？小石头呢？'我告诉他：'小石头死啦！''三丫呢？三丫呢？三丫也死了么？'我又告诉他：'三丫也死啦！二妹也死啦！憨子也死啦！'他就哇哇大哭，哭得憋过气去……"

母亲讲时，眼泪扑簌簌地落，落在手背上，落在衣襟上，也不拭，也不抬头，一针一针，一线一线，缝补我的或弟弟妹妹们的破衣服。

"第二年又闹胡子，你姥爷把骡子牵走藏了起来，被胡子们吊在树上，麻绳蘸水抽……你姥爷死也不说出骡子在哪儿，你姥姥把我和你大舅一块搂在怀里，用手紧捂住我们嘴，躲在一口干井里，听你姥爷被折磨得呼天喊地。你姥姥不敢爬上干井去说骡子在哪儿，胡子见了女人没有放过的。后来胡子烧了我们家，骡子保住了，你姥爷死了……"

与其说母亲是在讲给我们几个孩子听，莫如说更是在自言自语，更是一种回忆的特殊方式。

这些烙在我头脑里的记忆碎片，就是我对母亲的身世的全部了解，加上"孟家岗"那个不明确的地方。

我的母亲在她没有成为我的母亲之前拴在贫困生活中多灾多难的命运就是如此。

后来她的命运与父亲拴在一起仍是和贫困拴在一起。

后来她成了我们的母亲，又将我和我的兄弟妹妹拴在了贫困上。

我们扯着母亲褪色的衣襟长大成人。在贫困中，她尽了一位母亲最大的责任……

我对人的同情心最初正是以对母亲的同情形成的。我不抱怨我扒过树皮、捡过煤核的童年和少年时期，因为我曾这样分担着贫困对母亲的压迫。并且生活亦给予了我厚重的馈赠——它教导我尊敬母亲及一切以坚忍捧抱住艰辛的生活，绝不因茹苦而撒手的女人……

在这一个淫雨潇潇的孤独的日子，我想念我的母亲。

隔窗有杨树的眼睛愣愣地呆呆地瞅我……

那一年我的家被"围困"在城市里的"孤岛"上——四周全是两米深的地基壑壕、拆迁废墟和建筑备料。几乎一条街的住户都搬走了，唯独我家还无处可搬。因为我家租住的是私人房产——房东欲趁机向建筑部门讨要一大笔钱，而建筑部门认为那是无理取闹。结果直接受害的是我们一家。正如我在小说《黑纽扣》中写的那样，我们一家成了城市中的"鲁滨孙"。

小姨回到农村去了。在那座两百余万人口的城市，除了我们的母亲，我们再无亲人。而母亲的亲人即是她的几个小儿女。母亲为了微薄的工资在铁路工厂做临时工，出卖一个底层女人的廉价的体力，翻砂——那是男人干得很累很危险的重活。临时工谈不上什么劳动保护，全凭自己在劳动中格外当心。稍有不慎，便会被铁水烫伤或被铸件砸伤压伤。母亲几乎没有哪一天不带着轻伤回家的。母亲的衣服被迸溅的铁水烧出一片片的洞。

母亲上班的地方离家很远，没有就近的公共汽车可乘，即便有，母亲也必舍不得花五分钱一毛钱乘车。母亲每天回到家里的时间，总在七点半左右，吃过晚饭，往往九点来钟了。我们上床睡，母亲则坐在床角，将仅仅25瓦光的灯泡吊在头顶，凑着昏暗的灯光为我们补缀衣裤。当年城市里强行节电，居民不允许用超过 40 瓦光的灯泡。而对于我们家来说，节电却是自愿的，因那同时也意味着节省电费。代价亦是惨重的。母亲的双眼就是在那些年里熬坏的，至今视力很差。有时我醒夜，仍见灯亮着。仍见母亲在一针一针、一线一线地缝补，仿佛就是一台自动操作而又不发声响的缝纫机。或见灯虽亮着，而母亲肩靠着墙，头垂于胸，补物在手，就那么睡了。有多少夜，母亲就是那么睡了一夜。清晨，在我们横七竖八陈列一床酣然梦中的时候，母亲已不吃早饭，带上半饭盒生高粱米或生大饼子，悄无声息地离开家，迎着风或者冒着雨，像一个习惯了独来独往的孤单旅人似的"翻山越岭"，跋涉出连条小路都没给留的"围困"地带去上班。还有不少日子，母亲加班，我们一连几天甚至十天半个月见不着母亲的面儿。只知母亲昨夜是回来了，今晨又刚走了。要不灯怎么挪地方了呢？要不锅内的高粱米粥又是谁替我们煮上的呢？

才三岁多的小妹想妈，哭闹着要妈。她以为妈没了，永远再也见不到妈了。我就安慰她，向她保证晚上准能见到妈，为了履行我的诺言，我与困盹抵抗，坚持不睡。至夜，母亲方归，精疲力竭，一心只想立刻放倒身体的样子。

我告诉母亲小妹想她。

"嗯，嗯……"母亲倦得闭着眼睛脱衣服，一边说，"我知道，知道的。别跟妈妈说话了，妈困死了……"

话没说完，搂着小妹便睡了。第二天，小妹醒来又哭闹着要妈。

我说："妈妈是搂着你睡的！不信？你看这是什么？"枕上深深的头印中，安歇着几根母亲灰白的落发。

我用两根手指捏起来给小妹看："这不是妈妈的头发么？除了妈妈的头发，咱家谁的头发这么长？"

小妹用两根手指将母亲的落发从我手中捏过去，神态异样地细瞧；接着放在母亲留于枕上的深深地被汗渍所染的头印中，趴在枕旁，守着。好似守着的是母亲……

最堪怜是中秋、国庆、新年、春节前夕的母亲。母亲每日只能睡上两三个小时。五个孩子都要新衣裳穿，没有，也没钱买。母亲便夜夜地洗、缝、补、浆。若是冬季里，洗了上半夜搭到外边去冻着，下半夜取回在屋里，烘烤在烟筒上。母亲不敢睡，怕焦了着了。母亲是个刚强的女人，她希望我们在普天同庆的节日，即使穿不上件新衣服，也要从里到外穿得干干净净。尽管是打了补丁的衣服……

她还想方设法美化我们的家。家像地窖，像窝，像土丘之间的窝。土地，四壁落土，顶棚落土。它使不论多么神通广大的女人为它而做的种种努力，都在几天内变得徒劳。

母亲却常说："蜜蜂、蚂蚁还知道清理窝呢，何况人！"

母亲即使拼尽她那残余的一点精力，也非要使我们的家在短短几天的节日里多少有点家样不可。

"说不定会有什么人来！"

母亲心怀这等美好的愿望，颇喜悦地劳碌着。

然而没有个谁来。

没有个谁来母亲也并不觉得扫兴和失望。

生活没能将母亲变成懊丧的怨天怨地的女人。

母亲分明是用她的心锲而不舍地衔着一个乐观。那乐观究竟根据什么？当年的我无从知道，如今的我似乎知道了，从母亲默默地望着我们时目光中那含蓄的欣慰。她生育了我们，她就要把我们抚养成人。她从未怀疑她不能够。母亲那乐观在当年所依仗的也许正是这样的信念吧？唯一的始终不渝的信念。

我们依赖于母亲而活着，像蒜苗之依赖于一棵蒜。当我们到了被别人估价的时候，母亲她已被我们吸收空了。没有财富和书本知识，是位一无所有的母亲。她奉献的是满腔满怀恒温不冷的心血供我们吮咂！母亲啊！

娘！我的老妈妈！我无法宽恕我当年竟是那么不知心疼您、体恤您。

是的，我当年竟是那么不知心疼和体恤母亲。我以为母亲就应该是那样任劳任怨的。我以为母亲天生就是那样一个劳碌不停而又不觉得累的女人。我以为母亲是累不垮的。其实母亲累垮过多次。在夜深人静的时候，在我们做梦的时候，几回回母亲瘫软在床上，暗暗恐惧于死神找到她的头上了。但第二天她总会连她自己也不可思议地挣扎着起来，又去上班……

她常对我们说："妈不会累的，这是你们的福分。"

我们不觉得什么福分，却相信母亲累不垮。

在北大荒，我吃过大马哈鱼。肉呈粉红色，肥厚，香。乌苏里江或黑龙江的当地人，习惯将大马哈鱼肉包饺子，视为待客的佳肴。

前不久我从电视中又看到大马哈鱼：母鱼产子，小鱼孵出。想不到它们竟是靠噬食它们的母亲而长大的。母鱼痛楚地翻滚着、扭动着，瞪大它的眼睛，张开它的嘴和它的腮，搅得水中一片红。却并不逃去，直至奄奄一息，直至狼藉成骸……

我的心当时受到了极强烈的刺激。

我瞬间联想到长大成人的我自己和我的母亲。

联想到我们这九百六十万平方公里上一切曾在贫困之中和仍在贫困之中坚忍顽强地抚养子女的母亲们。她们一无所有。她们平凡、普通、默默无闻。最出色的品德乃是坚忍。除了她们自己的坚忍，她们无可傍靠。然而她们也许是最对得起她们儿女的母亲！因为她们奉献的是她们自己。想一想那种类乎本能的奉献，真令我心酸。而在她们的生命之后不乏好儿女，这是人类最最持久的美好啊！

我又联想到另一件事：小时候母亲曾买了十几个鸡蛋，叮嘱我们千万不要碰碎，说那是用来孵小鸡的。小鸡长大了，若有几只母鸡，就能经常吃到鸡蛋了。母亲满怀信心，双手一闲着，就拿起一个鸡蛋，握着，捂着，轻轻摩挲着。我不信那样鸡蛋里就会产生一个生命。有天母亲拿着一个鸡蛋，走到灯前，将鸡蛋贴近了灯对我说："孩子，你看！鸡蛋里不是有东西在动吗？"

我看到了，半透明的鸡蛋中，隐隐地确实有什么在动。

母亲那只手也变成了红色的。

那是血色呀！

血仿佛要从母亲的指缝滴淌下来！

"妈妈，快扔掉！"

我扑向母亲，夺下了那个蛋，摔碎在地上——蛋液里，一个不成形的丑陋的生命在蠕动。我用脚去踩，踏。不是宣泄残忍，而是源自恐惧。我觉得那不成形的丑陋的一个生命，必是由于通过母亲的双手吸饱了母亲的血才变出来的！我抬起头望母亲，母亲脸色那么苍白；我内心更加充满了恐惧，愈加相信我想的是对的。我不要母亲的心血被吸干！不管是哪一个被我踩死了的不成形的丑陋的生命，还是万恶的贫困！因为我太知道了，倘我们富有，即使生活在腐朽的棺材里，也会有人高兴来做客，无论是节日或寻常的日子，并且随身带来种种礼物……

"不，不！"我哭了。

我嚷："我不吃鸡蛋了！不吃了！妈妈，我怕……"

母亲怒道："你这孩子真罪孽！你害死了一条小性命！你怕什么？"

我说："妈妈我是怕你死……它吸你的血……"

母亲低头瞧着我，怔了一刻，默默地把我搂在怀里。搂得很紧……

　　小鸡终于全孵出来了，一个个黄绒绒的，活泼可爱。它们渐渐长大，其中有三只母鸡。以后每隔几日，我们便可吃到鸡蛋了。但我在很长一段时间内不敢吃，对那些鸡我却有着一种特殊的情感，视它们为通人性的东西，觉得和它们有着一种血缘般的关系……

　　三年严重困难时期，国营商店只卖一种肉——"人造肉"，淘米泔水经过沉淀之后做的。粮食是珍品，淘米泔水自然有限。"人造肉"每户每月只能按购货本买到一斤。后来，加工人造肉收集不到足够生产的淘米泔水，"人造肉"便难以买到了。用如今的话说，是"抢手货"，想买到得"走后门儿"。

　　中央广播电台在"为人民服务"节目中，热情宣传河沟里的一层什么绿也是可以吃的，那叫"小球藻"。且含有丰富的这个素那个素，营养价值极高……

　　母亲下班更晚了。但每天带回一兜半兜榆钱儿。我惊奇于母亲居然能爬到树上去撸榆钱儿。那是她爬上厂里一些高高的大榆钱树撸的。

　　"有'洋拉子'么？"

　　我们洗时，母亲总要这么问一句。

　　我们每次都发现有。

　　我们每次都回答说没有。

　　我们知道母亲像许多女人一样，并不胆小，却极怕树上的"洋拉子"那类毛虫。

　　榆钱儿当年对我们是佳果。我们只想到母亲可别由于害怕"洋拉子"就不敢给我们再撸榆钱儿了。

　　如果月初，家中有粮，母亲就在榆钱儿中拌点豆面，和了盐，蒸给我们吃。好吃。如果没有豆面，母亲就做榆钱儿汤给我们喝。不但放盐，还放油。好喝。

　　有天母亲被工友搀了回来——母亲在树上撸榆钱儿时，忽见自己遍身爬满"洋拉子"，惊掉下来……

　　我对母亲说："妈，以后我跟你到厂里去吧。我比你能爬树，我不怕'洋拉子'……"

　　母亲抚摸着我的头说："儿啊，厂里不许小孩进。"

　　第二天，我还是执拗地跟母亲去上班了。无论母亲说什么，把门的始终摇头，坚决不许我进厂。

　　我只好站在厂门外，眼睁睁瞧着母亲一人往厂里走。我不肯回家，我想母亲是绝不会将我丢在厂外的。不一会儿，我听到母亲在低声叫我。见母亲已在高墙外了，向我招手。我趁把门的不注意我，沿墙溜过去，母亲赶紧扯着我的手跑，好大的厂，好高的墙。跑了一阵，跑至一个墙洞口，工厂从那里向外排污水，一会儿排一阵，一会儿排一阵。在间隔的当儿，我和母亲先后钻入了厂里。面前榆林乍现，喜得我眉开眼笑。心内不禁就产生了一种自私的占有欲——都是我家的树多好！那我就首先把那个墙洞堵上，再养两条看林子的狗。当然应该是凶猛的狼狗！

母亲嘱咐我："别到处乱走。被人盘问就讲是你自己从那个洞钻进来的。千万别讲出妈妈。要不妈妈该挨批评了！走时，可还要钻那个洞！"

母亲说完，便匆匆离开了。

我撸了满满一粮袋榆钱儿，从那个洞钻出去，扛在肩上，心里乐滋滋地往家走。不时从粮袋中抓一把榆钱儿，边走边吃。

结果我身后跟随了一些和我年龄差不多的孩子，垂涎欲滴地瞅着我咀嚼的嘴。

"给点儿！"

"给点儿吧！"

"不给，告诉我们在哪儿的树上撸的也行！"

我不吭声，快快地走。

"再不给就抢了啊！"我跑。

"抢！"

"不抢白不抢！"

他们追上我，推倒我。抢……

我从地上爬起时，"强盗"们已四处逃散，连粮袋儿也抢去了。

我怔怔地站着，地上一片踏烂的绿。

我怀着愤恨走了。回头看，一个老妪在那儿捡……

母亲下班后，我向母亲哭诉自己的遭遇，凄凄惨惨戚戚。

母亲听得认真。凡此种种，母亲总先默默听，不打断我的话，耐心而怜悯的样子。直至她的儿女们觉得没什么补充的了，母亲才平静地做出她的结论。

母亲淡淡地说："怨你。你该分给他们些啊，你撸了一口袋呀！都是孩子，都挨饿。还那么小气，他们还不抢你么？往后记住，再碰到这种事儿，惹人家动手抢之前，先就主动给，主动分。别人对你满意，你自己也不吃亏……"

母亲往往像一位大法官，或者调解员，安抚着劝慰着小小的我们，缓解与社会的血气方刚的冲突，从不长篇大论一套套地训导。往往三言两语，说得明明白白，是非曲直，尽在谆谆之中。并且表现出仿佛绝对公正的样子，希望我们接受她的逻辑。

我们接受了，母亲便高兴，夸我们：好孩子。

而母亲的逻辑是善良的逻辑，包含一个似无争亦似无奈的"忍"字。

为使母亲高兴，我们也唯有点头而已。

可能自幼忍得太多了吧，后来于我的性格中，遗憾地生出了不屈不忍的逆反成分。如今 39 岁的我，与人与事较量颇多，不说伤疤累累，亦是遍体擦痕。倘咀嚼母亲过去的告诫，便厌恶自己是个孽种。忏悔既深久，每每地克己地玩味起母亲传给我的一个"忍"字来。或曰逆反，或曰"二律背反"也未尝不可。却又常于"克己复礼"之后而疑问重重。弄不清作为一个人，那究竟好呢？还是不好？……

一场雨后，榆钱儿变成了榆树叶。

榆树叶也能做"小豆腐"，做榆树叶汤。滑滑溜溜的，仿佛汤里加了粉面子。

然而母亲厂里的食堂将那片榆树林严密地看管起来了，榆树叶成了工人叔叔和阿姨的佐餐之物。

别了，暄腾腾的"小豆腐"……

别了，绿汪汪的"滑溜溜"……

别了，整个儿那一片使我产生强烈的占有欲并幻想以狼犬严守的榆树林……

我们是社会主义国家，遵循共产主义分配原则，可做"小豆腐"的榆树叶儿"共产"起来，原本也是情理之中的事儿。倒是我那占为己有的阴暗的心思，于当年论道起来，很有点儿自发的资产阶级利己思想的意味儿。

不过我当年既未忏悔，也未诅咒过自己。

母亲依然有东西带给我们，鼓鼓的一小布包——扎成束的狗尾巴草。

狗尾巴草不能做"小豆腐"吃。

不能做"滑溜溜"喝。

却能编毛茸茸的小狗、小猫、小兔、小驴、小骆驼……

母亲总有东西带回给每日里眼巴巴地盼望她下班的孤苦伶仃的孩子们。

母亲不带回点什么，似乎就觉得很对不起我们。

不论什么东西，可代食的也罢，不可代食的也罢。稀奇的也罢，不稀奇的也罢，从母亲那破旧的小布包抖搂出来似乎便都成了好东西。哪怕在别的孩子们看来是些不屑一顾的东西。重要的仅仅在于，我们感受到了母亲的心里对我们怀着怎样的一片慈爱。那乃是艰难岁月里绝无仅有的营养供给——那是高贵的"代副食"啊！

母亲是深知这一点的。

某天，放学回家的路上，我被一辆停在商店门口的马车所吸引。瘦马在阴凉里一动不动，仿佛处于思考状态的一位哲学家。老板躺在马车上睡觉，而他头下枕的，竟是豆饼。

四分之一块啊！豆饼啊！他枕着。

我同学中有一个区长的儿子，有一次他将一个大包子分给我和几个同学吃，香得我们吃完了直咂嘴巴。

"这包子是啥馅的？"

"豆饼！"

"豆饼？你们家从哪儿搞的豆饼？"

"他爸是区长嘛！"

我们不吭声了。

豆饼是艰难岁月里一位区长的特权。

就是豆饼……

我绕着那辆马车转了一圈儿，又转了一圈儿，猜测车老板真是睡着了，就动手去抽那块豆饼。

老板并未睡着。

四十来岁的农村汉子微微睁开眼瞅我，我也瞅他。

他说："走开。"

我说："走就走。"

偷不成，只有抢了！

猛地从他头下抽出了那四分之一块豆饼，弄得他的头在车板上咚的一响。

他又睁开了眼，瞅着我发愣。

我也看着他发愣。

"你……"

我撒腿便跑，抱着那四分之一块豆饼，沉甸甸的。

"豆饼！我的豆饼！站住！……"

懵怔中的老板待我跑开了挺远才明白过来是怎么一回事，边喊边追我。

我跑得更快，像只袋鼠似的，在包围着我的家的复杂地形中跳窜，自以为甩掉了追赶着的尾巴，紧紧张张地撞入家门。

母亲愕问："怎么回事？哪儿来的豆饼？"

我着急忙慌，前言不搭后语地说："妈快把豆饼藏起来……他追我！……"却仍紧紧抱着豆饼，蹲在地上喘作一团。

"谁追你？"

"一个……车老板……"

"为什么追你？"

"妈你就别问了！……"

母亲不问了，走到了外面。

我自己将豆饼藏到箱子里，想想，也往外跑。

"往哪儿跑？"

母亲喝住了我。

"躲那儿！"

我朝沙堆后一指。

"别躲！站这儿。"

"妈！不躲不行！他追来了，问你，你就说根本没见到一个小孩子！他还能咋的？"

"你敢躲起来！"母亲变得异常严厉，"我怎么说，用不着你教我！"

只见那持鞭的老板，汹汹地出现了，东张西望一阵，向我家这儿跑来。

他跑到我和母亲跟前，首先将我上下打量了足有半分钟。因我站在母亲身旁，竟有些不敢贸然断定我就是夺了他豆饼的"强盗"，手中的鞭子不由背到了身后去。

"这位大姐，见一个孩子往这边跑了么？抱着不小一块豆饼……"

我说："没有没有！我们连个人影也没看见！"

"怪了，明明是往这边跑的么！"他自言自语地嘟哝，"我挺大个老爷们儿，倒被这个孩子明抢明夺了，真是跟谁讲谁都不相信……"

他悻悻地转身欲走。

"你别走。"不料母亲叫住他，"你追的就是我儿子。"

他瞪着我，复瞪着母亲，似欲发作，但克制着，几乎是有几分低声下气地说："大姐你千万别误会，我可不是想怎么你的儿子！鞭子……是顺手一操……还我吧，那是我今明两天的干粮啊……"一副农村人在城里人面前明智的自卑模样。

母亲又对我说："听到了么？还给人家！"

我怏怏地回到屋里，从粮柜内搬出那块豆饼，不情愿地走出来，走到老板跟前，双手捧着还他。

他将鞭杆往后腰带斜着一插，也用双手接过，瞧着，仿佛要看出是不是小了。

母亲羞愧地说："我教子不严，让你见笑了啊！你心里的火，也该发一发。或打或骂，这孩子随你处置！"

"老大姐，言重了！言重了！我不是得理不让人的人，算了算了，这年头，好孩子也饿慌了！"

他反而显得难为情起来。

"还不鞠个躬，认个错！"

在母亲严厉目光的威逼之下，我被人按着脑袋似的，向那车老板鞠了个草草的躬。

我家的斧头，给一截劈柴夹着，就在门口。

车老板一言不发，拔下斧头，将豆饼垫在我家门槛上，几下，砍得豆饼碎屑纷落，砍为两半。

他一手拿起一半，双手同时地掂了掂，递给母亲一半，慷慨地说："大姐，这一半儿你收下！"

"那怎么行，是你的干粮啊！"

母亲婉拒。老板硬给，母亲婉拒不过，只好收了，进屋去，拿出两个窝窝头和一个咸菜疙瘩给那车老板。又轮到那车老板拒而不收，最后呢？见母亲一片真心实意，终于收了。从头上抹下单帽，连豆饼一块儿兜着，连说："真是的，真是的，倒反过来占了你们个大便宜，怪不像话的！……"

之后，他在围困着我们家的地基壑壕、沙堆、废墟和石料场之间择路而去，插在后腰带上的长杆儿鞭子，似"天牛"的一条触角，晃晃的……

"你呀，今天好好想想吧！"

直至吃晚饭前，母亲只对我说了这么一句话。不理睬我，也不吩咐我干什么活儿。而这是比打我骂我，更使我悲伤的。

端起饭碗时，我低了头，嗫嚅地说："妈，我错了……"

"抬头。"

我罪人一般抬起头，不敢迎视母亲的目光。

"看着妈。"

母亲脸上，庄严多于谴责。

"你们都记住，讨饭的人可怜，但不可耻。走投无路的时候，低三下四也没什么。偷和抢，就让人恨了！别人多么恨你们，妈就多么恨你们！除了这一层脸面，妈再任什么尊贵都没有！你们谁想丢尽妈的脸，就去偷，就去抢……"

母亲落泪了。

我们都哭了……

夏天和秋天扯着手过去了。冬天咄咄地来了。我爱过冬天，大雪使我家周围的一切肮脏都变得洁白一片了。我怕过冬天，寒冷使我家孤零零的低矮的小破屋变成了冰窖。

那一年冬天我们有了一个伴儿——一条小狗。我在放学回家的路上发现了它，被大雪埋住，只从雪中露出双耳。它绊了我一跤。我以为是条死狗，用脚拨开雪才看出它还活着。快冻僵了。它引起了我的怜悯。于是它有了一个家，我们有了一个伴儿。一条漂亮的小狗，白色、黑花，波兰奶牛似的。脖子上套着皮圈儿，皮圈儿上缀着一个小铜牌儿，小铜牌儿上压印出一个"3"。它站立不稳，常趴着，走起来踉踉跄跄。前足抬得高高的，不顾一切地一踏，于是下巴也狠狠触地。幸亏下巴触地，否则便一头栽倒了。喂它米汤喝，竟不能好好喝。嘴在破盆四周乱点一通，五六遭方能喝到一口米汤。起初我以为它是只瞎狗，试它眼睛，却不瞎。而那双怯怯的狗眼，流露着无限的人性，哀哀地乞怜着。我便怀疑它不过是被冻的。它漂亮而笨拙，如同一个患羊癫疯的漂亮的小女孩，它那双褐色的狗眼，不但是通人性的，且仿佛是充分女性的。我并未因其笨拙而产生厌恶。弟弟妹妹们也是。

我们那么需要一个小朋友。

而它可以被当成一个小朋友。

就是这样。

母亲下班回到家里，呆呆地瞅着那狗吃和走的古怪样子，愣了半晌，惊问："这是什么？"

我回答："狗。"

"扔出去！"母亲怒道，"快给我扔出去！"

我说："不！"

弟弟妹妹们也齐声嚷："不扔！不扔！"

"都不听话啦？"母亲一把抓起了笤帚，高举着首先威胁的是我，"看我挨个儿打你们！"

我赶紧护住头："就不许我们喜欢个什么东西吗？"

弟弟妹妹们也齐声表示抗议：

"就不许我们养条喜欢的狗吗？"

"就不许我们有个捡来的伴儿吗？"

母亲吼道："不许！"笤帚却高举着，没即刻落到我头上。

我大胆争辩："你说过的，对人要心善！"

"可它不是人！"母亲举着的手臂放下了，"人都吃糠咽菜的年月，喂它什么？还是这么条狗！"

我说："我那份饭分它吃。"

弟弟妹妹们也说："还有我们！"

母亲长长叹了口气，逐个儿瞧我们，垂下了手臂。

在一中住读的哥哥那天晚上也回家了，研究地望着那条狗说："我知道了，这是条被医院里做过实验的狗，跑出来了！老师带我们到医院参观过，那些狗脖子上挂的都是这种编了号码的小铜牌儿。肯定做的是小脑实验，所以它失去平衡机能了。生物课本上讲到这一点。不养它，它只有死路一条……"

可怜的我们的小朋友！

母亲又长长地叹了一口气。不知是因狗，还是因她的儿女们集体的发难。

宽容的我们的母亲……

那么样条狗，也是可以和我们在雪地上玩耍的。感谢上帝，它的大脑里的狗性是没被人做过什么实验的。它那种古怪的滑稽的笨拙的动态，使我们发出一串串笑声，足以慰藉我们的幼小的孤独的心灵。

雪地上留下一片片生动的足迹，我们的和狗的……

一天上午，趴在窗前朝外望的三弟突然不安地叫我："二哥你快看！"

外面，几个大汉在指点雪地上的足迹。

他们朝我家走来。

"是想抢我们的狗吧？"

我也不安了，惶惶地将"3号"藏入破箱子内，将小妹抱到箱子盖上坐着。

大汉们在敲门了。

高叫："我们是打狗队的！"

"我们家没养狗！"

然而他们闯入家中。

"没养狗？狗脚印一直跑到你家门口！"

"它死了。"

"死了？死了的我们也要！"

"我们留着死狗干什么？早埋了。"

"埋了？埋哪儿？领我们去挖出来看看！"

"房前屋后坑坑洼洼的，埋哪儿我们忘了。"

他们不相信，却不敢放肆搜查，这儿瞧瞧，那儿瞅瞅，大扫其兴地走了……

"他们既然是打狗队的，既然没相信你们的话，就绝不会放过它的……"

晚上，母亲为我们的"小朋友"表现出了极大的担心。

我说："妈，你想办法救它一命吧！"

母亲问："你们不愿失去它？"

我和弟弟妹妹们点头。

母亲又问："你们更不愿它死？"我和弟弟妹妹们仍点头。

"要么，你们失去它。要么，你们将会看到打狗队的人，当着你们的面儿活活打死它。你们都说话呀！"

我们都不说话。

母亲从我们的沉默中明白了我们的选择。

母亲默默地将一个破箱子腾空，铺一些烂棉絮，放进两个掺了谷糠的窝窝头，最后抱起"3号"，放入箱内，我注意到，母亲抚摸了一下小狗。

我将一张纸贴在箱盖里面儿，歪歪扭扭写着的是——别害它命，它曾是我们的小朋友。

我和母亲将箱子搬出了家，拴根绳子，我们拖着破箱子在冰雪上走。月光将我和母亲的身影印在冰雪上。我和母亲的身影一直走在我们前边。不是在我们身后或在我们身旁，一会儿走在我们身后一会儿走在我们身旁的是那一轮白晃晃的大月亮。不知道为什么月亮那一个晚上始终跟随着我和我的母亲。

半路我捡了一块冰坨子放入破箱子里。我想"3号"它若渴了就舔舔冰吧！

我和母亲将破箱子遗弃在离我家很远的一个地方……

第二天是星期日。母亲难得休息一个星期日，近中午了母亲还睡得很实。我们难得有和母亲一块儿睡懒觉的时候，虽早醒了也都不起。失去了我们的"小朋友"，我们觉得起早也是个没意思。

"堵住它！别让它往那人家跑！"

"打死它！打呀！"

"用不着逮活的！给它一锨！"

男人们兴奋的声音乱喊乱叫。

"妈！妈！"

"妈妈！"

我们焦急万分地推醒了母亲。

母亲率领衣帽不齐的我们奔出家门，见冬季停止施工的大楼角那儿，围着一群备料工人。

母亲率领我们跑过去一看，看见了吊在脚手架上的一条狗，皮已被剥下一半儿。一个工人还正剥着。

母亲一下子转过身，将我们的头拢在一起，搂紧，并用身体挡住我们的视线。

"不是你们的狗！孩子们，别看，那不是你们的狗……"

然而我们都看清了，那是"3号"，是我们的"小朋友"。白黑杂色的漂亮的小狗，剥了皮的身躯比饥饿的我们更显得瘦。小女孩般的通人性的眼睛死不瞑目……

母亲抱起小妹，扯着我的手，我的手和两个弟弟的手扯在一起。我们和母亲匆匆往家走，不回头，不忍回头。

我们的"小朋友"的足迹在离我家不远处中断了。一摊血仿佛是个句号。

自称打狗队的那几个大汉，原来是工地上的备料工人。

不一会儿，他们中的一个来到了我家里，将用报纸包着的什么东西放在桌上。

母亲狠狠地瞪他。

他低声说："我们是饿急眼了……两条后腿……"

母亲说："滚！"

他垂了头往外便走。

母亲喝道："带走你拿来的东西！"

他头垂得更低，转身匆匆拿起了送来的东西……

雨仍在下，似要停了，却又不停，窗前瑟缩的瘦叶是被洗得绿生生的了。偶尔还闻一声寂寞的蝉吟。我知道的，今天准会有客来敲我的家门——熟悉的，还是陌生的呢？我早已是有家之人了。弟弟妹妹们也都早是有家之人了。当年贫寒的家像一只手张开了，再也攥不到一起。母亲自然便失落了家，栖身在她儿女们的家里。

在她儿女们的家里有着她极为熟悉的东西——依然的贫寒。受居住条件的限制，一年中的大部分日子，母亲和父亲两地分居。

那杨树的眼睛隔窗瞅我，愣愣地呆呆地瞅我。古希腊和古罗马雕塑神祇们的眼睛，大抵都是那样子的，冷静而漠然。

但愿谁也别来敲我的家门，但愿。

在这一个孤独的日子让我想念我的老母亲，深深地想念……

我忘不了我的小说第一次被印成铅字时那份儿喜悦。我日夜祈祷的是这回事儿。真是了，我想我该喜悦，却没怎么喜悦。避开人我躲在个地方哭了，那一时刻我最想我的母亲……

我的家搬到光仁街，已经是一九六三年了。那地方，一条条小胡同仿佛烟鬼的黑牙缝。一片片低矮的破房子仿佛一片片疥疮。饥饿对于普通的人们的严重威胁毕竟开始缓解。我是小学五年级的学生了。我已经有三十多本小人书。

"妈，剩的钱给你。"

"多少？"

"五毛二。"

"你留着吧。"

买粮、煤、劈柴回来，我总能得到几毛钱。母亲给我，因为知道我不会乱花，只会买小人书。每个月都要买粮、买煤、买劈柴，加上母亲平日给我的一些钢镚儿，渐渐积攒起就很可观。积攒到一元多，就去买小人书。当年小人书便宜。厚的三毛几一本，薄的才一毛几一本。母亲从不反对我买小人书。

我还经常去租小人书。在电影院门口、公园里、火车站。有一次火车站派出所一位年轻的警察，没收了我全部的小人书。说我影响了站内秩序。

我一回到家就号啕大哭，我用头撞墙。我的小人书是我巨大的财富。我觉得我破产了，从绰绰富翁变成了一贫如洗的穷光蛋。我绝望得不想活，想死。我那种可怜的样子，使母亲为之动容。于是她带我去讨回我的小人书。

"不给！出去出去！"

车站派出所年轻的警察，大檐帽微微歪戴着，上唇留撇小胡子，一副"葛列高利"那种桀骜不驯的样子。母亲代我向他承认错误，代我向他保证以后绝不再到火车站租小人书，话说了许多，他烦了，粗鲁地将母亲和我从派出所推出来。

母亲对他说："不给，我就坐台阶上不走。"

他说："谁管你！"砰地将门关上了。

"妈，咱们走吧，我不要了……"

我仰起脸望着母亲，心里一阵难过。亲眼见母亲因自己而被人呵斥，还有什么事比这更令一个儿子内疚的？

"不走。妈一定给你要回来！"

母亲说着，就在台阶上坐了下去。并且扯我坐在她身旁，一条手臂搂着我。另外几位警察出出进进，连看也不看我们。

"葛列高利"也出来了一次。

"还坐这儿？"

母亲不说话，不瞧他。

"嘿，静坐示威……"

他冷笑着又进去了……

天渐黑了。派出所门外的红灯亮了，像一只充血的独眼，自上而下虎视眈眈地瞪着我们。我和母亲相依相偎的身影被台阶斜折为三折，怪诞地延长到水泥方砖广场，淹在一汪红晕里。我和母亲坐在那儿已经近四个小时。母亲始终用手臂搂着我。我觉得母亲似乎一动也没动过，仿佛被一种持久的意念定在那儿了。

我想我不能再对母亲说："妈，我们回家吧！"

那意味着我失去的是三十几本小人书，而母亲失去的是被极端轻蔑了的尊严。一个自尊的女人的尊严。

我不能够那样说……

几位警察走出来了，依然并不注意我们似的，纷纷骑上自行车回家去了。

终于，"葛列高利"又走出来了。

"嗨，我说你们想睡在这儿呀？"

母亲不看他，也不回答。望着远处的什么。

"给你们吧！"

"葛列高利"将我的小人书连同书包扔在我怀里。

母亲低声对我说："数数。"语调很平静。

我数了一遍，告诉母亲："缺三本《水浒》。"

母亲这才抬起头来。仰望着"葛列高利"，清清楚楚地说："缺三本《水浒》。"

他笑了，从衣兜里掏出三本小人书扔给我，嘟囔道："哟呵，还跟我来这一套……"

母亲终于拉着我起身，昂然走下台阶。

"站住！"

　　"葛列高利"跑下了台阶，向我们走来。他走到母亲跟前，用一根手指将大檐帽往上捅了一下，接着抹他的一撇小胡子。

　　我不由得将我的"精神食粮"紧抱在怀中。

　　母亲则将我扯近她身旁，像刚才坐在台阶上一样，又用一条手臂搂着我。

　　"葛列高利"以将军命令两个士兵那种不容违抗的语气说："等在这儿，没有我的允许不准离开！"

　　我惴惴地仰起脸望着母亲。

　　"葛列高利"转身就走。

　　他却是去拦截了一辆小汽车，对司机大声说："把那个女人和孩子送回家去。要一直送到家门口！"

　　我买的第一本长篇小说是《红旗谱》，一元多钱。母亲还从来没有一次给过我这么多钱。

　　我还从来没有向母亲一次要过这么多钱。

　　我的同代人们，当你们也像我一样，还是一个小学五年级学生的时候，如果你们也像我一样，生活在一个穷困的普通劳动者家庭的话，你们为我作证，有谁曾在决定开口向母亲要一元多钱的时候，内心里不缺少勇气？

　　当年的我们，视父母一天的工资是多么非同小可啊！

　　但我想有一本《青年近卫军》，想得整天失魂落魄，无精打采。

　　我从同学家的收音机里听到过几次《青年近卫军》长篇小说连续

广播。那时我家的破收音机已经卖了，被我和弟弟妹妹们吃进肚子里了。

直接吃进肚子里的东西当然不能取代"精神食粮"。

我那时还不知道什么叫"维他命"，更没从谁口中听说过"卡路里"，但头脑却喜欢吞"革命英雄主义"。一如今天的女孩子们喜欢嚼泡泡糖。

在自己对自己的怂恿之下，我去母亲的工厂向母亲要钱。母亲那一年被铁路工厂辞退了，为了每月二十七元的收入，又在一个街道小厂上班。一个加工棉胶鞋帮的中世纪奴隶作坊式的街道小厂。

一排破窗，至少有三分之一埋在地下了，门也是，所以只能朝里开。窗玻璃脏得失去了透明度，乌玻璃一样。我不是迈进门而是跌进门去的。没想到门里的地面比门外的地面低半米。一张踏脚的小条凳权作门里台阶。我踏翻了它，跌进门的情形如同掉进一个深坑。

那是我第一次到母亲为我们挣钱的那个地方。

空间非常低矮。低矮得使人感到心里压抑。不足两百平方米的厂房，四壁潮湿颓败，七八十台破缝纫机一行行排列着，七八十个都不算年轻的女人忙碌在自己的缝纫机后。因为光线阴暗，每个女人头上方都吊着一只灯泡。正是酷暑炎夏，窗不能开，七八十个女人的身体和七八十只灯泡所散发的热量，使我感到犹如身在蒸笼。那些女人们热得只穿背心。有的背心肥大，有的背心瘦小，有的穿的还是男人的背心，暴露出相当一部分丰满或者干瘪的胸脯，千奇百怪。毡絮如同褐色的重雾，如同漫漫的雪花，在女人们在母亲们之间纷纷扬扬地飘荡。而她们不得不一个个戴着口罩。

女人们母亲们的口罩上，都有三个实心的褐色的圆。那是因为她们的鼻孔和嘴的呼吸将口罩滞湿了，毡絮附着在上面。女人们母亲们的头发、臂膀和背心也差不多都变成了褐色的，毛茸茸的褐色。我觉得自己恍如置身在山顶洞人时期的女人们母亲们之间。

我呆呆地将那些女人们母亲们扫视一遍，还是发现不了我的母亲。

七八十台破缝纫机发出的噪声震耳欲聋。

"你找谁？"

一个用竹篾拍竹毡絮的老头对我大声嚷，却没停止拍打。

毛茸茸的褐色的那老头像一只老雄猿。

"找我妈！"

"你妈是谁？"

我大声说出了母亲的名字。

"那儿！"

老头朝最里边的一个角落一指。

我穿过一排缝纫机，走到那个角落，看见一个极其瘦弱的毛茸茸的褐色的脊背弯曲着，头凑近在缝纫机板上。周围几只灯泡的电热烤我的脸。

"妈……"

"……"

"妈……"

背直起来了，我的母亲。转过身来了，我的母亲。肮脏的毛茸茸的褐色的口罩上方，眼神儿疲惫的我熟悉的一双眼睛吃惊地望着我，我的母亲的眼睛。

母亲大声问："你来干什么？"

"我……"

"有事快说，别耽误妈干活！"

"我……要钱……"

我本已不想说出"要钱"两字，可是竟说出来了！

"要钱干什么？"

"买书……"

"多少钱？"

"一元五角就行……"

母亲从衣兜掏出一卷毛票，用指尖龟裂的手指点着。

旁边一个女人停止踏缝纫机，向母亲探过身，喊："大姐，别给！没你这么当妈的！供他们吃，供他们穿，供他们上学，还供他们看闲书哇！"又对我喊："你看你妈这是在怎么挣钱？你忍心朝你妈要钱买书哇！"

母亲却已将钱塞在我手心里了，大声回答那个女人："谁叫我们是当妈的啊！我挺高兴他爱看书的！"

母亲说完，立刻又坐了下去，立刻又弯曲了背，立刻将头俯在缝纫机板上了，立刻又陷入手脚并用的机械忙碌状态……

那一天我第一次发现，我的母亲原来是那么瘦小，竟快是一个老女人了！那时刻我努力要回忆起一个年轻的母亲的形象，竟回忆不起母亲她何时年轻过。

那一天我第一次觉得我长大了，应该是一个大人了。并因自己十五岁了才意识到自己应该是一个大人了而感到羞愧难当，无地自容。

我鼻子一酸，攥着钱跑了出去……

那天我用那一元五毛钱给母亲买了一听水果罐头。

"你这孩子，谁叫你给我买水果罐头的？不是你说买书，妈才舍得给你钱的嘛！"

那一天母亲数落了我一顿。数落完了我，又给我凑足了够买《青年近卫军》的钱……

我想我没有权利用那钱再买任何别的东西，无论为我自己还是为母亲。

从此我有了第一本长篇小说……

后来我有了第一本长篇小说……

后来我有了第二本、第三本、第四本、第五本……《钢铁是怎样炼成的》《牛虻》《勇敢》《幸福》《青年近卫军》……

我再也没因想买书而开口向母亲要过钱。

我是大人了。

我开始挣钱了——拉小套。在火车站货运场、济虹桥坡下、市郊公路上……

用自己辛辛苦苦挣的钱买书时，你尤其会觉得你买的乃是世界上最值得花钱、最好的东西。

于是我有了三十几本长篇小说。十五岁的我爱书如同女人之爱美，向别人炫耀我的书是我当年最大的虚荣。

三年后几乎一切书都成了"毒草"。

学校在烧书。图书馆在烧书。一切有书的家庭在烧书。自己不烧，别人会到你家里查抄，结果还是免不了被烧，普通的人们的家庭只剩下了一个人的书，并且要摆在最显眼的地方。

街道也成了"无产阶级文化大革命执行委员会"——使命之一也是挨家挨户查抄"毒草"焚烧之。

"老梁家的，听说你们这个院儿里，顶数你们家孩子买的黑书多啦，统统交出来吧！"

面对闯入家中的人们，母亲镇定地声明："我是文盲，不知哪些书是黑书。"

"除了毛主席和林副统帅的书，全是黑书，'毒草'。这个简单明白的革命道理文盲也是应该懂得的！"

"我儿子的书，我已经烧了，烧光了。现时我家只有那几本红宝书啦。"

母亲指给他们看。

他们怀疑。

母亲便端出一盆纸灰："怕你们不信，所以保留着纸灰给你们验证。若从我家搜出一本黑书，你们批判我。"

"听说你儿子几十本书呐，就烧成这么一盆纸灰？"

"都保留着，十来盆呢。我不过只保留了一盆给你们看。"

母亲分外虔诚老实的样子。

他们信了。

他们走时，母亲问："那么这一盆纸灰我也可以倒了吧？"

他们善意地说："别倒哇！留着，好好保留着。我们信了，兴许我们今后再来查一遍的人们还不信呀。保留着是有必要的！"

纸灰是预先烧的旧报。

我的书，早已在母亲的帮助下，糊在顶棚上了。

我下乡前，撕开糊棚纸，将书从顶棚取下，放在一只箱子里，锁了，藏在床下最里头。

我将钥匙交给母亲时说："妈，你千万别让任何人打开那箱子。"

母亲郑重地接过钥匙："你放心下乡去吧！若是咱家失火了，我也吩咐你弟弟妹妹们抢救那箱子。"

我信任母亲。

但我离开城市时，心怀着深深的忧郁。我的书我的一个世界上了锁，并且由我的母亲像忠仆一样替我保管，我没有什么可不放心的。

然而谁来替我分担母亲的愁苦呢？即使是能够分担一点点？

我知道，不久三弟也是要下乡的。

接着将会轮到四弟。

那么家中只剩下挑不动水的妹妹、疯了的哥哥和我瘦小的憔悴的积劳成疾的母亲了！

我们将只能和父亲一样，从相反的两个方向——大东北和大西北遥遥地关注我们日益破败的家了……

母亲越是刚强地隐藏着愁苦，我越是深深地怜悯母亲。

上帝保佑，我的家并没失过火。却因房屋深陷地下，如同母亲挣钱的那个小厂一样，夏季里不知被雨水淹了多少次。

一九七九年，时隔五载，我第一次从北京回去探家，帮助母亲从家中清除破烂东西，打床底下拖出那一只挺沉的箱子。它布满了滑溜溜的霉苔。

我问母亲："妈，这箱子里装的什么呀？"

母亲看着，回忆着，和我一样想不起来。

"妈，把打开这锁的钥匙给我……"

"妈也记不清楚哪把钥匙是开这把锁的了，你试吧！"

母亲从兜里掏出一串钥匙给我。

锁已锈死，哪一把钥匙也打不开。最后被我用砖头砸开了。

掀开箱盖，一股霉味直冲鼻腔。一箱子书成了一箱子发黄的碎纸。

碎纸中有几个粉红色的小小的生命在扭动，像刚刚被剁下来的保养得极润的女人手指。

我砰地关上了那箱子盖，并用双手使劲按住，仿佛箱子内有一个面目狰狞的魔鬼。

即使将世界装在那样一口箱子里也是会发霉的。

"箱子里到底是什么啊？"

母亲困惑地又问了一句……

父亲带着一颗受了伤害的心离开北京回四弟家中去住了，我致信三弟希望母亲能到北京来住。这是一九八五年的事。算起来我又六年未见母亲了。父亲的走，使我更加想念母亲。我心中常被一种潜在的恐慌所滋扰，我总觉得一个不可避免的事实伏在距离我很近的日子里，当它突然跃到我跟前时，我不知我如何承受那悲哀、内疚和惭愧。

母亲便很快来到了北京。

母亲是感知到了我的心情吗？

我和妻每夜宿在办公室，将我们十三平方米的小小居室让给了母亲、安徽小阿姨秀华和我们三岁半的儿子。一老一少两个女人和一个孩子夜夜挤在一张并不宽大的硬床上。

母亲满口全是假牙了。

母亲的眼病是更严重了。

"你是她什么人？"

在积水潭医院眼科，医生对母亲的双眼仔细检查了一番后，冷冷地问我。

"儿子。"

"为什么到了这种地步才来看？"

我无言以对。我知道弟弟妹妹们为了治好母亲的眼睛，已是付出了许多儿女的义务和孝心。我也听出了医生话中谴责的意味。

"眼翳是难以去除了，太厚，手术效果不会理想的。而且也极可能伤到瞳仁……"

"那……至少，是应该植假睫毛的吧？"

可怜的母亲，双眼连一根睫毛也没有了！丧失了保护的眼睛常被炎症所苦。

"应该想到的事，你不认为你想到的有些晚了么？眼皮已经这么松弛了，植了假睫毛还是会向内翻，更增加痛苦。"

"那……"

"多大年纪了？"

"六十七岁了。"

"哦，这么大年纪了……开几瓶常用药水吧，每天给你母亲点几次，保持眼睛卫生……这更现实些……"

我搀扶着母亲，兜里揣着几瓶眼药水，缓慢地往医院外面走。

默默地我不知对母亲说什么话好。十五岁那一年，我去母亲为养活我们而挣钱的那个地方的一幕幕情形，从此以后更经常地浮现在我脑际，竟至使我对类似踏缝纫机的一切声音和一切近于褐色的颜色产生极度的敏感。

"儿，你替妈难过了？别难过，医生说得对，妈这么大年纪了，治好治不好又怎么样呢！……"

八岁的儿子，有着比我在十五岁时数量多的"书"——卡通连环画册、《看图识字》《幼儿英语》《智力训练》什么什么的。妻的工资并不高，甚至可以说是"低收入阶层"，却很相信"智力投资"一类的宣传。如是同样的书，妻也看，儿子也看，因为妻得对儿子进行启蒙式教育，倘我在写作，照例需要相对的安静，则必得将全部的书摊在床上或地上，一任儿子作践，以摆脱他片刻的纠缠。结果更值得同情的不是我，而是他那些"书"。

触目皆是儿子的"书"，将儿子的爸爸的"读物"从随手可取排挤到无可置处，我觉得愤愤不平，看着心乱。既要将自己的书进行"坚壁清野"，又要对儿子的"书"采取"三光政策"。定期对儿子那些被他作践得很惨的"书"加以扫荡，毫不吝惜。

这时候，母亲每每跟着我踱出家门，站于门口望我将那些"书"扔到哪儿去了，随后捡回。如是频频，我不知觉。

一天，我跨入家门，又见满床满桌全是幼儿读物的杂乱情形，正在摆布的却不是儿子，而是母亲。褙糊、剪刀、纸条，一应俱全。母亲正在粘那些"书"。那些曾被儿子作践得很惨被我扔掉过的"书"。

母亲唯恐我心烦，慌慌地立刻就要收起来。

我拿起一册翻看，母亲粘得那么细致。

我说："妈，别粘了。粘得再好，梁爽也是不看的，这些书早对他失去吸引力了！"

母亲说："我寻思着，扔了怪让人心疼的不是……要不让我都粘好，送给别人家孩子吧，也比扔了强呀！"

我说："破旧的，怎么送得出手？没谁要。妈你瞧，你也不是按着页码粘的，隔三差五，你再瞧这几页，粘倒了啊！"

母亲说："唉，我这眼啊，要不寄给你弟弟妹妹们的孩子，或者托人捎给他们？"

我说："千里迢迢，给弟弟妹妹们的孩子寄回去捎回去一些破的旧的画册？弟弟妹妹们心里不想什么，弟媳妹夫还不取笑我？"

母亲说："那……我真是白粘了么？……就非扔不可了么？粘好保存起来，过几年，梁爽他长大了几岁，再给他看，兴许他又像没看过的一样了吧？"

我说："也可能。妈你愿粘，就粘吧。粘成什么样都没关系，我不心烦。"

于是我和母亲一块儿粘。收音机里在播着一支歌：

旧鞋子穿破了不扔为何？

老太太他们实在太啰唆……

　　我想像我这样的一个儿子，是没有任何权利嘲弄和调侃穷困在我的母亲身上造成的深痕的。在如今的消费心理和消费方式的对比之下，这一点并不太使我这个儿子感到可笑，却使我感到它在现实中的格格不入的投影是那么凄凉而又咄咄逼人。

　　我必庄重。

　　对于我的母亲所做的这一切似乎没有意义的事情，我必庄重。

　　我认为那是母亲的一种权利。

　　我必服从。

　　我必虔诚。

　　我不能连母亲这一点点权利都缺乏理解地剥夺了！

　　我知道床下、柜下，还藏着一些饮料筒儿、饼干盒儿、杂七杂八的好看的小瓶儿什么的，对于十三平方米的居室，它们完全是多余之物，毫无用处。

　　我装作不知。

　　是的，我必庄重。

　　它没什么值得嘲弄和调侃的。倘发自于我，是我的丑陋。尽管我也不得不定期加以清除，但绝不当着母亲的面，并且不忍彻底，总要给母亲留下些她也许很看重的东西……

　　一天，我嘱咐小阿姨秀华带母亲到厂内的浴室洗澡。母亲被烫伤了，是两个邻居架回来的。

　　我问邻居："秀华呢？"

她们说她仍在洗。

我从没对小阿姨表情严厉地说过话。但那一天我生气了，待她高高兴兴地踏进家门之后，我板起脸问她："奶奶烫伤了你知道不知道？"

"知道呀！"

"知道你还继续洗？"

"我以为……不严重……"

"你以为……你以为！那么你当时都没走到奶奶身边儿去看看了？我怎么嘱咐你的！……"

母亲见我吼起来，连说："是不严重，是不严重，你就别埋怨她了……"

半个多月内，母亲默默忍受着伤痛，没说过一句抱怨的话。

母亲又失去了假牙。母亲一天取下假牙泡在漱口杯里，被粗心粗意的小阿姨连水泼掉了。

母亲没法儿吃东西了，每顿只能喝粥。

我正要带母亲去配牙那一天，妹妹拍来了电报。

我看过之后，撕了。

母亲问："什么事？"

我说："没什么事。"

"没什么事哪会拍电报？"

母亲再三追问。

　　尽管我不愿意，但终于不得不告诉母亲——长住精神病院的大哥又出院了……

　　母亲许久未说话。

　　我也许久未说话。

　　到办公室去睡觉之前，我低声问母亲："妈，给你订哪天的火车票？"

　　母亲说："越早越好，越早越好。我不早早回去，你四弟又不能上班了！"

　　母亲分明更是对她自己说。

　　我求人给母亲买到了两天后的火车票。

　　走时，母亲嘱咐我："别忘了把那瓶獾油和那卷药布给我带上。"

　　我说："妈，你烫的伤还没好？"

　　母亲说："好了。"

　　我说："好了还用带？"

　　母亲说："就快好了。"

　　我说："妈，我得看看。"

　　母亲说："别看了。"

　　我坚持要看。母亲只好解开了衣襟，母亲干瘪的胸脯有一大片未愈的烫伤的溃面！

　　我的心疼得抽搐了。

我不忍视，转过脸说："妈，我不能让你这样走！"

母亲说："你也得为你四弟的难处想想啊！"

母亲走了。带着一身烫伤，失落了她的假牙。留下的，是母亲的临时挂号证，上面草率的字写着眼科医生的诊断——已无手术价值。

今年春季，大舅患癌症去世了。早在一九六四年，老舅已经去世了。母亲的家族，如今只活着母亲一个女人了，老而多病，如同一段枯朽的树根，且仍担负着一位老母亲对子女们的种种的责任感。那将是母亲至死也无法摆脱的了。

我想我一定要在母亲悲痛的时候回到母亲身旁去。我想如果我不去就简直太混蛋了！

于是我回到了哈尔滨。

母亲更瘦更老更憔悴了。真正的就好似根雕一个样子！

母亲面容之上仿佛并无悲痛。那一副漠漠然的神态令我内心酸楚。母亲其实已没有了丝毫能力担负她的责任和使命了呀！母亲好比是一只老猫，命在旦夕，只有关注着她的亲人和儿女们在这个世界上艰难地死去的份儿了！母亲她苍老的生命大概已完全丧失了体现她内心悲痛和怜悯之情的活力了吧？

在四弟的家里，只有我和母亲两个人的时候，母亲强打起她最后的尊严，语调缓慢地对我说：

"听着，妈和你爸从来没指望你当什么作家。你既然已经是了，就要好好儿地当。妈和你爸都这么大年纪了，别在我们活着的时候，给我们丢脸……"

那一刻，我真想给母亲跪下，告诉母亲我会永远记住她的话……

母亲对我已无他求。

"不会干别的才写小说。"这一句话恰恰应了我的情况。

在这大千世界上我已别无选择，没了退路！

母亲，放心吧。我记着你的话，一辈子！

若有人问我最大的愿望是什么，我会毫不犹豫地回答：将我的老母亲老父亲接到我的身边来，让我为他们尽一点儿拳拳人子的孝心。然而我知道，这愿望几乎等于是一种幻想，一个泡影。在我的老母亲和老父亲活着的时候，大致是可以这样认为的。

我最最衷心地虔诚地感激哈尔滨市政府为我的老父亲和老母亲解决了晚年老有所居的问题，使他们还能和我的四弟住在一起。若无这一恩德降临，在这家原先那被四个家庭三代人和一个精神病患者分居的二十六平方米的低矮残破的生存空间，我的老母亲老父亲岂不是只有被挤到天棚上去住吗？像两只野猫一样！而父亲作为我们共和国的第一代建筑工人，为我们的共和国付出了三十余年汗水和力气。

我的哈尔滨我的母亲城，身为一个作家，我却没有也不能够为你做些什么实际的贡献！

这一内疚是为终生的疚惭。

梁晓声他本非衔恩不报之人！

对于那些读了我的小说《溃疡》给我写来由衷的信，愿真诚地将他们的住房让出一间半间暂借我老母亲老父亲栖身的人们，我也永远地对你们怀着深深的感激。这类事情的重要的意义是，生活中毕竟还存在着善良。

我们北影一幢新楼拔地而起。分房条例规定：副处以上干部，可加八分。得一次全国奖之艺术人员，可加两分。我只得过三次全国中短篇小说奖。填表前向文学部参加分房小组的同志核实，他同情地说："那是指茅盾奖而言，普通的全国奖不算。"我自忖得过三次普通的全国中短篇奖已属文坛幸运儿，从不敢做得三次茅盾奖的美梦。而命运神即使偏心地只拥抱我一个人吧，三次茅盾奖之总分也还是比一位副处长少两分，而我们共和国的副处长该是作家人数的几百倍呢？

母亲呵，您也要好好儿地活着呀！您可要等啊！您千万要等啊！

求求您了，母亲！

母亲呵，在您那忧愁的凝聚满了苦涩的内心里，除了希望您的儿子"好好儿地"当一个作家，再就真的别无所求了么？……

淫雨是停歇了。瘦叶是静止了。这一个孤独的日子，我想念我的母亲。有三只眼睛隔窗瞅我，都是那杨树的眼睛。愣愣地呆呆地瞅我，瞅着想念母亲的我。

邻家的孩子在唱着一首流行的歌：

杨树杨树生生不息的杨树，

就像那妈妈一样，

谁说赤条条无牵挂？

由我的老母亲联想到千千万万的几乎一代人的母亲中，那些平凡得甚至可以认为是平庸的在社会最底层喘息着苍老了生命的女人们，对于她们的儿子，该都是些高贵的母亲吧？一个个写来，都是些充满了苦涩的温馨和坚忍之精神的故事吧？

我之愀然是为心作。

娘！……

遥远地，我像山东汉子样呼喊您一声，您可听到？

母亲播种过什么

几天前，母亲匆匆地就去世了。走得那么急，使我毫无思想准备。

预感竟是真的有过的。似乎父亲和母亲逝前，总是会传达给我一些心灵的讯息。

十月中旬，我和毕淑敏见过一面。她告诉我她在师大进修心理学，我便向她请教，我说今年以来，无论白天还是夜晚，无论睡着还是醒着，我眼前常有这样一幅画面移动着——在冬季，在北方小村外的雪路上，一只羊拉着一架爬犁，谨慎又从容地向村里走着。爬犁上是一桶井水，不时微少地荡出，在桶外和爬犁上结了一层晶莹的冰。爬犁后同样步态谨慎而又从容地跟随着一位少女，扎红头巾，脸蛋儿亦冻得通红，袖着双手。而漫天飘着清冽的小雪花儿……

并且，我向毕淑敏强调，此电影似的画面，绝非我从任何一本书中读到过的情节，也绝非我头脑中产生的构思片段。事实上一年多以来，尽管此画面一次比一次清晰地向我浮现，但我却从未打算将这画面用文字写出来……

毕淑敏沉吟片刻，答出一句话令我暗讶不已。

她说："你不妨问问你母亲。"

我母亲属羊。母亲的母亲也属羊。而这都是毕淑敏所不知道的。

而母亲于昏迷中入院的第二天，哈尔滨降下了入冬的第一场雪……

我的思想是相当唯物的。但受情感的左右，难免也会变得有点儿唯心起来——莫非母亲的母亲，注定了要在这一年的冬季，将她的女儿领走？我没见过外祖母。但知外祖母去世时，母亲尚是少女……

那么那一桶清澈的井水意味些什么呢？

在医院里，在母亲的病床前，以及在母亲出殡的过程中，我见到了母亲的一些干儿女。

我早知母亲有些干儿女。究竟有多少，并不很清楚。凡三十余年间，有的见过几面，有的竟不曾见过。但我清楚，在漫长的三十余年间，他们对母亲怀着很深很深的感情。

他们当年皆是我弟弟那一辈的小青年。

话说当年，指的是"上山下乡"运动开始以后。许多家庭的长子长女和次子次女，和我以及我的三弟一样，都恋恋不舍地告别了家庭和城市。城市中留下的大抵是各个家庭的小儿女，年龄在十六七岁和十八九岁之间。那个年代，这些平民家庭的小儿女啊，似些孤独的羔羊，面对今天这样明天那样的政治风云，彷徨、迷惘、无奈，亲情失落不知所依。他们中，有人当年便是丧父或失母的小儿女。

既都是平民家的小儿女，所分配的工作也就注定了不能与愿望相符。或做街头小食杂店的售货员，或做挖管道沟的临时工，或在生产环境破败的什么小厂里学徒……

某一年夏天，是知青的我回哈尔滨探家，曾去酱油厂看过我四弟的劳动情形。斯时他们几名小工友，刚刚挥板锨出几吨酱渣，一个个只着短裤，通体大汗淋漓，坐在车间的窗台上，任穿堂凉风阵阵扑吹，唱印度电影《流浪者》中的《拉兹之歌》：

> ……我和任何人都没来往，
> 我活在人间举目无亲……
> 命啊，我的命运啊，我的星辰，请回答我，
> 为什么这样残酷作弄我……

他们心中的苦闷种种，是不愿对自己的家庭成员吐诉的。但是这些城市中的小儿女，又是多么需要一个耐心倾听他们吐诉的人啊！那倾听者，不仅应有耐心，还应有充满心间的爱心。还应在他们渴望安慰和体恤之时，善于安慰，善于劝解，并且，由衷地予以体恤……

于是，他们后来都非常信赖也不无庆幸地选择了母亲。

于是，母亲也就以她母性的本能，义不容辞地将他们庇护在自己身边。像一只母鸡展开翅膀，不管自家的小鸡抑或别人家的小鸡，只要投奔过来，便一概地遮拢翅下。

那些城市中的小儿女啊，当年他们并没有什么可回报母亲的。只不过在年节或母亲生病时，拎上一包寻常点心或两瓶廉价罐头聚于贫寒的我家看望母亲。再就是，改叫"大娘"为叫"妈"了。有时混着叫，刚叫过"大娘"，紧接着又叫"妈"。与点心和罐头相比，一声"妈"，倒显得格外的凝重了。

既被叫"妈"，母亲自然便于母性的本能而外，心生出一份油然的责任感。母亲关心他们的许多方面，单位和领导和工友的关系；在家中是否与亲人温馨相处；怎样珍惜友情，如何处理爱情；须恪守什么样的做人原则，交友应防哪些失误，等等。

母亲以她一名普通家庭妇女善良宽厚的本色，经常像叮咛自己的亲儿女一样，叮咛她的干儿女们不学坏人做坏事，要学好人做好事。

此世间亲情，竟延续了三十年之久。我曾很不以为然过，但母亲对我的不以为然也同样不以为然。她不与我争辩，以一种心理非常满足的、默默的矜持，表明她所一贯主张的做人态度。直至她去世前三天，还希望能为她的一个干女儿和一个干儿子促成一次大媒。

而他们，一个帮着四弟将母亲送入医院，一个一小时后便闻讯匆匆赶到医院，三十几个小时不曾回家，不曾离开过医院！

母亲逝世后，她的干儿女们都纷纷来到了弟弟家。我说："不必在家中设灵位了吧！"他们说："要设。"

我说："不必非轮守四十八小时灵了吧！"他们说："要守。"

这些三十年前的城市平民家庭的小儿女啊，三十年前是小徒工们，如今仍是工人们。只不过，有的"下岗"了；只不过，都做了父母了。

他们都是些沉默寡言之人。

我离开哈市时，仍分不清他们中几个人的名字。

他们不与我多说什么，甚至根本就不主动与我说话。

他们完完全全是冲他们与母亲之间那一种三十年之久的亲情，而为母亲守灵，为母亲烧纸，为母亲送丧的。

三十年间，我下乡七年，上大学三年，居京二十年，我曾给予母亲的愉快时日，比他们给予的少得多。

回到北京，我常默想，从今后，我定当以胞弟胞妹视待他们和她们啊！

至于我自己的几名中学挚友与母亲之间的亲情，比三十年更长久，从我初一时就开始了。那是世间另一种亲情，心感受之，欲说还休。

每独坐呆想，似乎有了一种答案——那时时浮现过我眼前的画面中那一桶清澈的井水，是否便意味着是人世间的一种温馨亲情呢？母亲的母亲，给予在母亲心里了。而母亲只不过从内心里荡出了一些，便获得了多么长久又多么足以感到欣慰的回报啊！这么想很唯心，但请不要责怪儿子的痴思。

愿此亲情在我们中国老百姓间代代相传。

没了它，意味着是我们普通人的人生多么大的损失啊！

母亲我爱您。

母亲安息吧……

母亲养蜗牛

母亲是住惯了大杂院的。

大杂院自有大杂院的温馨。邻里处得好，仿佛一个大家庭。故母亲初住在北京我这里时，被寂寞所围的情形简直令我感到凄楚。单位只有一幢宿舍楼，大部分职工是中青年，当然不是母亲聊天的对象。由于年龄、经历、所关注事物之不同，除了工作方面的话题，甚至也不是我的聊天对象。我是早已习惯了寂寞的人，视清静为一天的好运气，一种特殊享受。而且我也早已习惯了自己和自己诉说，习惯了心灵的独白。那最佳方式便是写作。稿债多多，默默地落笔自语，成了我无法改变的生活定律了。

我们住的这幢楼，大多数日子，几乎是一幢空楼。白天是，晚上仿佛也是。人们在更多的时候不属于家，而属于摄制组。于是母亲几乎便是一位被"软禁"的老人了……

为了排遣母亲的寂寞，我向北影借了一只鹦鹉。就是电影《红楼梦》中黛玉养在"潇湘馆"的那一只。一个时期内，它成了母亲的伴友，常与母亲对望着，听母亲诉说不休。偶尔发一声叫，或嘎唔一阵，似乎就是"对话"了。但它有"工作"，是"明星"，不久又被"请"去拍电影了。

母亲便又陷入寂寞和孤独的苦闷之中……

幸而住在我们楼上的人家"雪中送炭"，赠予母亲几只小蜗牛。并传授饲养方法，交代注意事项。那几个小东西，只有小指甲的一半儿那么大，呈粉红色，半透明，隐约可见内中居住着不轻易外出的胎儿似的小生命。其壳看上去极薄极脆，似乎不小心用指头一碰，便会碎了。

母亲非常喜欢它们，视若宝贝，将它们安置在一个漂亮的装过茶叶的铁盒儿里，还预先垫了潮湿的细沙。有了那么几个小生命，母亲似乎又有了需精心照料和养育的儿女了。七十多岁的老太太，仿佛又变成一位责任感很强的年轻的母亲。她要经常将那小铁盒儿放在窗台上，盒盖儿敞开一半，使那些小东西能够晒晒太阳。并且，要很久很久地守着，看着，怕它们爬到盒子外边，爬丢了。就好比一位母亲守在床边儿，看着婴儿在床上爬，满面洋溢母爱，一步不敢离开。唯恐一转身之际，婴儿会摔在地上似的。连雨天，母亲担心那些小生命着凉，就将茶叶盒儿放在温水中，使沙子能被温水焐暖些。它们爱吃的是白菜心儿、苦瓜、冬瓜之类，母亲便将这些蔬菜最好的部分，细细剁了，撒在盒儿内。一次不能撒多，多了，它们吃不完，腐烂在盒儿内，则必会影响"环境卫生"，有损它们的健康。它们是些很胆怯的小生命，盒子微微一动，立即缩回壳里。它们又是些天生的"居士"，更多的时候，足不出"户"，深钻在沙子里，如同专执一念打算成仙得道之人，早已将红尘看破，排除一切凡间滋扰，"猫"在深山古洞内苦苦修行。它们又是那么羞涩，宛如大门不出二门不迈的名门闺秀。正应了那句话，真人不露相，露相不真人。偶尔潜出"闺阁"，总是缓移"莲步"，像提防好色之徒攀墙缘树偷窥芳容玉貌似的。觉得安全，则便与它们的"总角之好"在小小的"后花园"比肩而行。或一对对，隐于一隅，用细微微的触角互相爱抚、表达亲昵……

母亲日渐一日地对它们有了特殊的感情。那种感情，是与小言的心灵之倾诉和心灵之交流。而那些甘于寂寞，与世无争、与同类无争的小生命，也向母亲奉献了愉悦的观赏的乐趣。有时，我为了讨母亲的欢心，常停止写作，与母亲共同观赏……

八岁的儿子也对它们产生了浓厚的兴趣，也开始经常捧着那漂亮的小蜗牛们的"城堡"观赏。那一种观赏的眼神儿，闪烁着希望之光。都是希望之光，但与母亲观赏时的眼神儿，有着质的区别……

"奶奶，它们怎么还不长大啊？"

"快了，不是已经长大一些了么？"

"奶奶，它们能长多大呀？"

"能长到你的拳头那么大呢！"

"奶奶，你吃过蜗牛么？"

"吃？"

"我们同学就吃过，说可好吃了！"

"哦……兴许吧……"

"奶奶，我也要吃蜗牛！我要吃辣味儿蜗牛！我还要喝蜗牛汤！我同学的妈妈说，可有营养了！小孩儿常喝蜗牛汤聪明……"

"这……"

"奶奶，你答应我嘛！"

"它们现在还小哇……"

"我有耐性等它们长大了再吃它们。不，我要等它们生出小蜗牛以后再吃它们。这样我不就永远可以吃下去了么？奶奶你说是不是？"

母亲愕然。

我阻止他："不许你存这份念头！不许你再跟奶奶说这种话！难道缺你肉吃了么？馋鬼，你是一头食肉动物哇？"

儿子眨巴眨巴眼睛，受了天大委屈似的，一副要哭的模样……

母亲便哄："好，好，等它们长大了，奶奶一定做了给你吃。"

我说："不能什么事儿都依他！由我替奶奶保护它们，看谁敢再提要吃它们！"

儿子理直气壮地说："吃猪肉、羊肉、牛肉可以，吃鸡肉可以，吃烤鸭可以，为什么吃蜗牛就不行？"

我晓之以理："我们吃的是肉……"

儿子说："我想吃的也是蜗牛肉呀，我说吃它们的壳了么？"

我说："你得明白，人自己养的东西，是舍不得弄死了吃的。这个道理，是尊重生命的道理……"

儿子顶撞我："你骗小孩儿！你尊重生命了么？上次别人送给你的蚕茧儿，活着的，还在动呢，你就给用油炸了！奶奶不吃，妈妈不吃，我也不吃，全被你一个人吃了！我看你吃得可香呢！"

我无言以对。

从此，儿子似乎更认为，首先在理论上，有极其充分的、天经地义的、无可辩驳的吃蜗牛的根据了……

从此，母亲观看那些小生命的时候，儿子肯定也凑过去观看……

先是，儿子问它们为什么还没长大，而母亲肯定地回答——它们分明已经长大了……

后来是，儿子确定地说，它们分明已经长大了。不是长大了些，而是长大了许多，而母亲总是摇头——根本就没长……

然而，不管母亲怎么想，怎么说，也不管儿子怎么想，怎么说，那些小小的生命，的的确确是天天长大着。在母亲的精心饲养下，长得很迅速。壳儿开始变黑了，变硬了。不再是些仿佛不经意地用指头轻轻一碰就易破碎的小东西了，它们的头和它们的柔软的身躯，从它们背着的"房屋"内探出时，也有形有状了，憨态可掬，很有妙趣了。它们的触角，也变粗变长了，两两一对儿，在盒之一隅卿卿我我、"耳鬓厮磨"之际，更显得情意缱绻，斯文百种了……

那漂亮的茶叶盒儿，对它们来说未免显得小了。

于是母亲将它们移入另一个盒子里，一个装过饼干的更漂亮的盒子。

"奶奶，它们就是长大了吧？"

"嗯，就是长大了呢……"

"奶奶，它们再长大一倍，就该吃它们了吧？"

"不行。得长到和你拳头一般儿大。你不是说要等它们生出小蜗牛之后再吃它们么？"

"奶奶，我不想等到那时候，我只吃一次，尝尝什么味儿就行了……"

母亲默不作答。

我认为有必要和儿子进行一次更郑重更严肃些的谈话。

一天，趁母亲不在家，我将儿子扯至跟前，言衷辞切，对他讲奶奶抚养爸爸、叔叔和姑姑成人，一生含辛茹苦，忍辱负重，是多么的不容易。自爷爷去世后，奶奶的一半，其实也已随着爷爷而去了。爸爸的活法又是写作，有心挤出更多的时间陪奶奶，也往往心恳而做不到。爸爸的时间，常被某些不相干的人不相干的事侵占了去，这是爸爸对奶奶十分内疚而无奈的。奶奶内心的孤独和寂寞，是爸爸虽理解也难以帮助排遣的。为此爸爸曾买过花，买过鱼。可养花养鱼，需要些专门的常识。奶奶养不好，花死了，鱼也死了。那些小小的蜗牛，奶奶倒是养得不错，而你还天天盼着吃了它们，你对么？……

儿子低下头说："爸爸，我明白了……"

我问："你明白什么了？"

儿子说："如果我吃了蜗牛，便是吃了奶奶的那一点儿欢悦……"

我说："既然你明白了，以后再也不许对奶奶说吃不吃蜗牛的话了！"

儿子一副信誓旦旦的模样，诺诺连声。果然再不盼着吃辣味儿蜗牛、喝蜗牛汤了。甚至，再不关注那更漂亮的蜗牛们的新居了……

一天，我下班回到了家里，母亲已做好晚饭，一一摆上桌子。母亲最后端的是一盆儿汤，对儿子说："你不是要喝蜗牛汤么？我给你做了，可够喝吧！"

我愕然。

儿子也愕然。

我狠狠瞪儿子。

儿子辩白："不是我让奶奶做的！……"

母亲也说："是我自己想做给我孙子喝的……"

母亲说着，朝我使眼色……

我困惑。首先拿起小勺，舀了一勺，慢呷一口，鲜极了！但我品出，那绝不是什么蜗牛汤，而是蛤蜊汤。

我对儿子说："奶奶是为你做的，你就喝吧！"

儿子迟疑地拿起小勺，喝了起来。

我问："好喝么？"

儿子说："好喝。"

又问："奶奶对你好不好？"

儿子说："好……奶奶，等我长大了，能挣钱了，挣的钱都给你花！……"

八岁的儿子动了小孩儿的感情，眼泪吧嗒吧嗒落入汤里……

母亲欣慰地笑了……

其实母亲将那些长大了的，她认为完全能够独立生活了的蜗牛放了。放于楼下花园里的一棵老树下。那儿土质松软，潮湿，很适于它们生存。而且，老树还有一深深的树洞，大概是可供它们避寒的……

母亲依然每日将蜗牛们爱吃的菜蔬之最鲜嫩的部分，细细剁碎，撒于那棵树下……

一天，母亲喜笑颜开地对我说："我又看到它们了！"

我问："谁们呀？"

母亲说："那些蜗牛呗。都好像认识我似的，往我手上爬……"

我望着母亲，见母亲满面异彩。

那一刻，我觉得老人们心灵深处情感交流的渴望，真真地令我肃然，令我震颤，令我沉思……

而长大成人的儿子们和女儿们，做了父母的儿子们和女儿们，四十多岁五十多岁的儿子们和女儿们，我们还能够细致地经常洞察到这一点么？

冬天来了。

树叶落光了。

大地冻硬了。

母亲孑然一身地走了。

我给母亲的信中写道："妈，来年春天，我会像您一样，天天剁了细碎的蔬菜，去撒在那一棵老树下……"

那些甘于寂寞的，惯于离群索居的、羞涩的、斯文的、与世无争、与同类无争的蜗牛们啊，谁知它们是否会挨过寒冷的冬天呢？谁知它们明年春天是否会出现在那一棵老树之下呢？

它们真的会认识饲养过它们的我的老母亲么？也会认识那样一位老母亲的儿子么？

愿上帝保佑它们！

父亲的演员生涯

父亲去世已经一个月了。

我仍为我的父亲戴着黑纱。

有几次出门前，我将黑纱摘了下来，但倏忽间，内心里涌起一种怅然若失的情感。戚戚地，我便又戴上了。我不可能永不摘下，我想，这是一种纯粹的个人情感，尽管这一种个人情感在我有不可殚言的虔意。我必得从伤绪之中解脱，也是无须别人劝慰我自己明白的。然而怀念是一种相会的形式，我们人人的情感都曾一度依赖于它……

这一个月里，又有电影或电视剧制片人员，到我家来请父亲去当群众演员。他们走后，我就独自静坐，回想起父亲当群众演员的一些微事……

一九八四年至一九八六年，父亲栖居北京的两年，曾在五六部电影和电视剧中当过群众演员。在北影院内，甚至范围缩小到我当年居住的十九号楼内，这乃是司空见惯的事。

父亲被选去当群众演员，毫无疑问地最初是由于他那十分惹人注目的胡子。父亲的胡子留得很长，长及上衣第二颗纽扣，总体银白，须梢金黄。谁见了谁都对我说："梁晓声，你老父亲的一把大胡子真帅！"

父亲生前极爱惜他的胡子。兜里常揣着一柄木质小梳，闲来无事，就梳理。

记得有一次，我的儿子梁爽，天真发问："爷爷，你睡觉的时候，胡子是在被窝里，还是在被窝外呀？"

父亲一时答不上来。

那天晚上，父亲竟至于因为他的胡子而几乎彻夜失眠。竟至于捅醒我的母亲，问自己一向睡觉的时候，胡子究竟是在被窝里还是在被窝外。无论他将胡子放在被窝里还是放在被窝外，总觉得不那么对劲……

父亲第一次当群众演员，在《泥人常传奇》剧组，导演是李文化。副导演先找了父亲，父亲说得征求我的意见。父亲大概将当群众演员这回事看得太重，以为便等于投身了艺术。所以希望我替他做主，判断他到底能不能胜任。父亲从来不做自己胜任不了之事，他一生不喜欢那种滥竽充数的人。

我替父亲拒绝了。那时群众演员的酬金才两元。我之所以拒绝不是因为酬金低，而是因为我不愿我的老父亲在摄影机前被人呼来唤去的。

李文化亲自来找我——说他这部影片的群众演员中，少了一位长胡子老头儿。

"放心，我吩咐对老人家要格外尊重，要像尊重老演员们一样还不行么？"——他这么保证。

无奈我只好违心同意。

从此，父亲便开始了他的"演员生涯"——更准确地说，是"群众演员"生涯——在他七十四岁的时候……

父亲演的尽是迎着镜头走过来或背着镜头走过去的"角色"。说那也算"角色"，是太夸大其词了。不同的服装，使我的老父亲在镜头前成为老绅士、老乞丐、摆烟摊的或挑菜行卖的……

不久，便常有人对我说："哎呀晓声，你父亲真好。演戏认真极了！"

父亲做什么事都认真极了。

但那也算"演戏"吗？

我每每一笑置之。然而听到别人夸奖自己的父亲，内心里总是高兴的。

一次，我从办公室回家，经过北影一条街——就是那条旧北京假景街，见父亲端端地坐在台阶上，而导演们在摄影机前指手画脚地议论什么，不像再有群众场面要拍的样子。

时已中午，我走到父亲跟前，说："爸爸，你还坐在这儿干什么呀？回家吃饭！"

父亲说："不行。我不能离开。"

我问："为什么？"

父亲回答："我们导演说了——别的群众演员没事儿了，可以打发走了。但这位老人不能走，我还用得着他！"

父亲的语调中，很有一种自豪感似的。

父亲坐得很特别，那是一种正襟危坐。他身上的演员服，是一件褐色绸质长袍。他将长袍的后摆，掀起来搭在背上。而将长袍的前摆，卷起来放在膝上。他不依墙，也不靠什么。就那样子端端地坐着，也不知已经坐了多久。分明的，他唯恐使那长袍沾了灰土或弄褶皱了……

父亲不肯离开，我只好去问导演。导演却已经把我的老父亲忘在脑后了，一个劲儿地向我道歉……中国之电影电视剧，群众演员的问题，对任何一位导演，都是很沮丧的事。往往的，需要十个群众演员，预先得组织十五六个，真开拍了，剩下一半就算不错。有些群众演员，钱一到手，人也便脚底板抹油，溜了。群众演员，在这一点上，倒可谓相当出色地演着我们现实中的些个"群众"、些个中国人。

难得有父亲这样的群众演员。我细思忖，都愿请我的老父亲当群众演员，当然并不完全因为他的胡子。那两年内，父亲睡在我的办公室。有时我因写作到深夜，常和父亲一块儿睡在办公室。有一天夜里，下起了大雨。我被雷声惊醒，翻了个身，黑暗中，恍恍地，发现父亲披着衣服坐在折叠床上吸烟。

我好生奇怪，不安地询问："爸，你怎么了？为什么夜里不睡吸烟？爸，你是不是有什么心事啊？"

黑暗之中，但闻父亲叹了口气。许久，才听他说："唉，我为我们导演发愁哇！他就怕这几天下雨……"

父亲不论在哪一个剧组当群众演员，都一概地称导演为"我们导演"。从这种称谓中我听得出来，他是把他自己——一个迎着镜头走过来或背着镜头走过去的群众演员，与一位导演之间联得太紧密了。或者反过来说，他是把一位导演，与一个迎着镜头走过来或背着镜头走过去的群众演员联得太紧密了。

而我认为这是荒唐的。而我认为这实实在在是很犯不上的。

我嘟囔地说："爸，你替他操这份心干吗？下雨不下雨的，与你有什么关系？睡吧睡吧！"

"有你这么说话的么？"父亲教训我道，"全厂两千来人，等着这一部电影早拍完，才好发工资，发奖金！你不明白？你一点不关心？"

我佯装没听到，不吭声。

父亲刚来时，对于北影的事，常以"你们厂"如何如何而发议论，而发感慨。不知从什么时候开始，他不说"你们厂"了，只说"厂里"了。倒好像，他就是北影的一员。甚至倒好像，他就是北影的厂长……

天亮后，我起来，见父亲站在窗前发怔。我也不说什么。怕一说，使他觉得听了逆耳，惹他不高兴。后来父亲东找西找的。我问找什么，他说找雨具。他说要亲自到拍摄现场去，看看今天究竟是能拍还是不能拍。他自言自语："雨小多了嘛！万一能拍呐？万一能拍，我们导演找不到我，我们导演岂不是要发急么？……"听他那口气，仿佛他是主角。我说："爸，我替你打个电话，向你们剧组问问不就行了么？"父亲不语，算是默许了。于是我就到走廊去打电话，其实是给我自己打电话。回到办公室，我对父亲说："电话打过了。你们组里今天不拍戏。"——我明知今天准拍不成。父亲火了，冲我吼："你怎么骗我？！你明明不是给我剧组打电话！我听得清清楚楚。你当我耳聋么？"父亲他怒冲冲地就走出去了。我站在办公室窗口，见父亲在雨中大步疾行，不免羞愧。对于这样一位太认真的老父亲，我一筹莫展……

父亲还在朝鲜选景于中国的一个什么影片中担当过群众演员。当父亲穿上一身朝鲜民族服装后，别提多么像一位朝鲜老人了。那位朝鲜导演也一直把他视为一位朝鲜老人。后来得知他不是，表示了很大的惊讶。也对父亲表示了很大的谢意，并单独同父亲合影留念。

那一天父亲特别高兴，对我说："我们中国的古人，主张干什么事都认真。要当群众演员，咱们就认认真真地当群众演员。咱们这样的中国人，外国人能不看重你么？"

记得有天晚上，是一个星期六的晚上。我和妻子和老父母一块儿包饺子，父亲擀皮儿。忽然父亲长叹一声，喃喃地说："唉，人啊，活着活着，就老了……"

一句话，使我、妻、母亲面面相觑。母亲说："人，谁没老的时候？老了就老了呗！"父亲说："你不懂。"妻煮饺子时，小声对我说："爸今天是怎么了？你问问他。一句话说得全家怪纳闷怪伤感的……"

吃过晚饭，我和父亲一同去办公室休息。睡前，我试探地问："爸，你今天又不高兴了么？"父亲说："高兴啊。有什么不高兴的！"我说："那包饺子的时候叹气，还自言自语老了老了的？"父亲笑了，说："昨天，我们导演指示——给这老爷子一句台词！连台词都让我说了，那不真算是演员了么？我那么说你听着可以么？……"我恍然大悟——原来父亲是在背台词。

我就说："爸，我的话，也许你又不爱听。其实你愿怎么说都行！反正到时候，不会让你自己配音，得找个人替你再说一遍这句话。……"父亲果然又不高兴了。父亲又以教训的口吻说："要是都像你这种态度，那电影，能拍好么？老百姓当然不愿意看！一句台词，光是说说的事么？脸上的模样要是不对劲，不就成了嘴里说阴，脸上作晴了么？"父亲的一番话，倒使我哑口无言。惭愧的是，我连父亲不但在其中当群众演员，而且说过一句台词的这部电影，究竟是哪个厂拍的，片名是什么，至今一无所知。我说得出片名的，仅仅三部电影——《泥人常传奇》《四世同堂》《白龙剑》。

前几天，电视里重播电影《白龙剑》，妻忽指着屏幕说："梁爽，你看你爷爷！"

我正在看书，目光立刻从书上移开，投向屏幕——哪里有父亲的影子……

我急问："在哪儿在哪儿？"

妻说："走过去了。"

是啊，父亲所"演"，不过就是些迎着镜头走过来或背着镜头走过去的群众角色。走得时间最长的，也不过就十几秒钟。然而父亲的确是一位极认真极投入的群众演员——与父亲"合作"过的导演们都这么说……

在我写这篇文字时，又有人打来电话——

"梁晓声？……"

"是我。"

"我们想请你父亲演个群众角色啊！……"

"这……我父亲已经去世了……"

"去世了？……对不起……"

对方的失望大大多于对方的歉意。

如今之中国人，认真做事认真做人的，实在不是太多了。如今之中国人，仿佛对一切事都没了责任感。连当着官的人，都不大肯愿意认真地当官了。

有些事，在我，也渐渐地开始不很认真了。似乎认真首先是对自己很吃亏的事。

父亲一生认真做人，认真做事。连当群众演员，也认真到可爱的程度。这大概首先与他愿意是分不开的。一个退了休的老建筑工人，忽然在摄影机前走来走去，肯定的是他的一份儿愉悦。人对自己极反感之事，想要认真也是认真不起来的。这样解释，是完全解释得通的。但是我——他的儿子，如果仅仅得出这样的解释，则证明我对自己的父亲太缺乏了解了！

我想——"认真"二字，之所以成为父亲性格的主要特点，也许更因为他是一位建筑工人，几乎一辈子都是一位建筑工人，而且是一位优秀的获得过无数次奖状的建筑工人。

一种几乎终生的行业，必然铸成一个人明显的性格特点。建筑师们，是不会将他们设计的蓝图给予建筑工人——也即那些砖瓦灰泥匠们过目的。然而哪一座伟大的宏伟建筑，不是建筑工人们一砖一瓦盖起来的呢？正是那每一砖每一瓦，日复一日，月复一月，年复一年地、十几年、几十年地，培养成了一种认认真真的责任感。一种对未来之大厦矗立的高度的可敬的责任感。他们虽然明知，他们所参与的，不过一砖一瓦之劳，却甘愿通过他们的一砖一瓦之劳，促成别人的冠环之功。

他们的认真乃因为这正是他们的愉悦！

愿我们的生活中，对他人之事的认真，并能从中油然引出自己之愉悦的品格，发扬光大起来吧！

父亲是一个普通得不能再普通的人。父亲曾是一个认真的群众演员。或者说，父亲是一个"本色"的群众演员。

以我的父亲为镜，我常不免地问我自己——在生活这大舞台上，我也是演员么？我是一个什么样的演员呢？就表演艺术而言，我崇敬性格演员。就现实中人而言，恰恰相反，我崇敬每一个"本色"的人，而十分警惕"性格演员"……

给哥哥的信

亲爱的哥哥：

提笔给你写此信，真是百感交集。亦羞愧难当，无地自容！

屈指算来，弟弟妹妹们各自成家，哥哥入院，十五六年矣！这十五六年间，我竟一次也没探望过哥哥，甚至也没给哥哥写过一封信，我算是个什么样的弟弟啊！

回想从前的日子，哥哥没生病时，曾给予过我多少手足关怀和爱护啊！记得有次我感冒发烧，数日不退，哥哥请了假不上学，终日与母亲长守床边，服侍我吃药，用凉毛巾为我退烧。而那正是哥哥小学升中学的考试前夕呀！那一种手足亲情，绵绵温馨，历历在目。

我别的什么都不想吃，只要吃"带馅儿的点心"，哥哥就接了母亲给的两角多钱，二话不说，冒雨跑出家门。那一天的雨多大呀！家中连件雨衣、连把雨伞都没有，天又快黑了，哥哥出家门时只头戴了一顶破草帽。哥哥跑遍了家附近的小店，都没有"带馅儿的点心"卖。哥哥为了我这个弟弟能在病中吃上"带馅儿的点心"却不死心，冒大雨跑往市里去了。手中只攥着两角多钱，自然舍不得花掉一角多钱来回乘车。那样，剩下的钱恐怕连买一块"带馅儿的点心"也不够了。一个多小时后哥哥才回到家里，像落汤鸡，衣服裤子湿得能拧出半盆水！草帽被风刮去了，路上摔了几跤，膝盖也破了，淌着血。可哥哥终于为我买回了两块"带馅儿的点心"。点心因哥哥摔跤掉在雨水里，泡湿了。放在小盘里端在我面前时，已快拿不起来了。哥哥见点心成了那样子，一下就哭了……哥哥反觉太对不起我这个偏想吃"带馅儿的点心"的弟弟！唉，唉，我这个不懂事的弟弟呀，明知天在下雨，明知天快黑了，干吗非想吃"带馅儿的点心"呢？不是借着点儿病由闹矫情吗？

还记得我上小学六年级，哥哥刚上高中时，我将家中的一把玻璃刀借给同学家用，被弄丢了。当时父亲已来过家信，说是就要回哈市探家了。父亲是工人，他爱工具，玻璃刀尤其是他认为宝贵的工具。的确啊，在当年，不是哪一个工人想有一把玻璃刀就可以有的。我怕受父亲的责骂，那些日子忐忑不安。而哥哥安慰我，一再说会替我担过。果然，父亲回到家里以后，有天要为家里的破窗换块玻璃，发现玻璃刀不见了，严厉询问，我吓得不敢吱声儿。哥哥鼓起勇气说，是被他借给人了。父亲要哥哥第二天讨回来，哥哥第二天当然是无法将一把玻璃刀交给父亲的，推说忘了。第三天，哥哥不得不"承认"是被自己弄丢了——结果哥哥挨了父亲一耳光。那一耳光是哥哥替我挨的呀……

哥哥的病，完完全全是被一个"穷"字愁苦出来的。哥哥考大学没错，上大学也没错。因为那也是除了父亲而外，母亲及弟弟妹妹们非常支持的呀！父亲自然也有父亲的难处。他当年已五十多岁了，自觉力气大不如前了。对于一名靠力气挣钱的建筑工人，每望着眼面前一个个未成年的儿女，他深受着父亲抚养责任的压力哪！哥哥上大学并非出于一己抱负的自私，父亲反对哥哥上大学，主张哥哥早日工作，也是迫于家境的无奈啊！一句话，一个"穷"字，当年毁了一考入大学就被选为全校学生会主席的哥哥……

我下乡以后，我们还经常通信是不哥哥？别人每将哥哥的信转给我，都会不禁地问："谁给你写的信，字真好，是位练过书法的人吧？"

我将自己写的几首小诗寄给哥哥看，哥哥立刻明白——弟弟心里产生爱了！我也就很快地收到了哥哥的回信———一首词体的回信。太久了，我只能记住其中两句了："遥遥相望锁唇舌，却将心相印，此情最可珍。"

即使在我下乡那些年，哥哥对我的关怀也依然是那么的温馨，信中每嘱我万勿酣睡于荒野之地，怕我被毒虫和毒蛇咬；嘱我万勿乱吃野果野蘑，怕我中毒；嘱我万勿擅动农机具，怕我出事故；嘱我万勿到河中戏水，怕下乡前还不会游泳的我被溺……

哥哥，自我大学毕业分配在北京以后，和哥哥的通信就中断了。其间回过哈市五六次，每次都来去匆匆，竟每次都没去医院探望过哥哥！这是我最自责，最内疚、最难以原谅自己的！

哥哥，亲爱的哥哥，但是我请求你的原谅和宽恕。家中的居住情况，因弟弟妹妹们各自结婚，二十八平米的破陋住房，前盖后接，不得不被分隔为四个"单元"。几乎每一尺空间都堆满了东西——这我看在眼里，怎么能不忧愁在心中呢？怎么能让父亲母亲在那样不堪的居住条件之下度过晚年呢？怎么能让弟弟妹妹们在那样不堪的居住条件之下生儿育女呢？连过年过节也不能接哥哥回家团圆，其实，乃因家中已没了哥哥的床位呀！是将哥哥在精神病院那一张床位，当成了哥哥在什么旅馆的永久"包床"啊！细想想，于父母亲和弟弟妹妹，是多么的万般无奈！于哥哥，又是多么的残酷！哥哥的病本没那么严重啊！如果家境不劣，哥哥的病早就好了！哥哥在病中，不是还曾在几所中学代过课吗？从数理化到文史地，不是都讲得很不错吗……

我十余年中，每次回哈，都是身负着特殊使命一样，为家中解决住房问题，为弟弟妹妹解决工作问题呀！是心中想念，却顾不上去医院探望哥哥啊！当年我其实也是心有余而力不足，豁出自尊四处求助，往往的事倍功半罢了……

如今，我可以欣慰地告诉哥哥了——我多年的稿费加上幸逢拆迁，弟弟妹妹的住房都已解决；弟弟妹妹们的工作都较安稳，虽收入低，但过百姓日子总还是过得下去的；弟弟妹妹们的三个女儿，也都上了高中或中专……

如今，我可以欣慰地告诉哥哥了——父母二老还都健在，早已接来北京与我住在一起……

望哥哥接此信后，一切都不必挂念。

春节快到了——春节前，我将雷打不动地回哈市，将哥哥从医院接出，与哥哥共度春节……

今年五月，我将再次回哈市，再次将哥哥从医院接出，陪哥哥旅游半个月……

如哥哥同意，我愿那之后，与哥哥同回北京——哥哥的晚年，可与我生活在一起……

如哥哥心恋哈市亲情旧友多，那么，我将为哥哥在哈市郊区买一套房，装修妥善，布置周全——那里将是哥哥的家。

总之，我不要亲爱的哥哥再住在精神病院里！

总之，我要竭尽全力为哥哥组建一个家庭，为哥哥积攒一笔钱，以保证哥哥晚年能过无忧无虑的正常的家庭生活！

哥哥本来早就是可以像正常人一样过家庭生活的啊！这一点是连医生们心中都清楚的啊！只不过从前弟弟顾不上哥哥，只不过从前弟弟没有那份儿经济能力……

哥哥，亲爱的哥哥——你实实在在是受了天大委屈！

哥哥，亲爱的哥哥——耐心等我，我们不久就要在一起过春节了！

哥哥，亲爱的哥哥——紧紧地拥抱你！

你亲爱的弟弟绍生

1999 年 1 月 20 日于北京

　　（注：十年前失去了老父亲，去年又失去了老母亲，我乃天下一孤儿了！没有老父亲老母亲的感觉，一点儿也不好。特别的不好！我宁愿要那种"上有老，下有小"的沉重，而不愿以永失父子、母子的天伦亲情，去换一份卸却沉重的轻松。于我，其实从未觉得真的是什么沉重，而觉得是人生的一种福分，现在，没法再享那一种福分了！我真羡慕父母健康长寿的儿女！现在，对哥哥的义务和责任，乃我最大的义务和责任之一了。对哥哥的亲情，因十五六年间的顾不上的落失，现在对我尤其显得宝贵了。我要赶快为哥哥做。倘在将做未做之际而痛失哥哥，我想，我心的亲情伤口怕就难以愈合了。故有此信。）

论温馨

温馨是纯粹的汉语词。

近年常读到它，常听到它；自己也常写到它，常说到它。于是静默独处之时每想——温馨，它究竟意味着什么呢？

是某种情调吗？是某种氛围吗？是客观之境？抑或仅仅是主观的印象？它往往在我们内心里唤起怎样的感觉？我们为什么特别不能长期地缺少了它？

那夜失眠，依床而坐，将台灯罩压得更低，吸一支烟，于万籁俱寂中细细筛我的人生，看有无温馨之蕊风干在我的记忆中。

从小学二三年级起，母亲便为全家的生活去离家很远的工地上班。每天早上天未亮便悄悄地起床走了，往往在将近晚上八点时才回到家里。若冬季，那时天已完全黑了。比我年龄更小的弟弟妹妹都因天黑而害怕，我便冒着寒冷到小胡同口去迎母亲。从那儿可以望到马路。一眼望过去很远很远，不见车辆，不见行人。终于有一个人影出现，矮小，然而"肥胖"，那是身穿了工地上发的过膝的很厚的棉坎肩所致，像矮小却穿了笨重铠甲的古代兵卒。断定那便是母亲。在幽蓝清冽的路灯光下，母亲那么快地走着。她知道小儿女们还饿着，等着她回家胡乱做口吃的呢！

于是边跑着迎上去，边叫："妈！妈！"

如今回想起来，那远远望见的母亲的古怪身影，当时对我即是温馨。回想之际，觉得更是了。

小学四年级暑假中的一天，跟同学们到近郊去玩，采回了一大捆狗尾草。采那么多狗尾草干什么呢？采时是并不想的。反正同学们采，自己也跟着采，还暗暗竞赛似的一定要比别的同学采得多，认为总归是收获。母亲正巧闲着，于是用那一大捆狗尾草为弟弟妹妹们编小动物。转眼编成一只狗，转眼编成一只虎，转眼编成一头牛……她的儿女们属什么，她就先编什么。之后编成了十二生肖。再之后还编了大象、狮子和仙鹤、凤凰……母亲每编成一种，我们便赞叹一阵。于是母亲一向忧愁的脸上，难得地浮现出了微笑……

如今回想起来，母亲当时的微笑，对我即是温馨。对年龄更小的弟弟妹妹们也是。那些狗尾草编的小动物，插满了我们破家的各处。到了来年，草籽干硬脱落，才不得不一一丢弃。

我小学五年级时，母亲仍上着班。但那时我已学会了做饭。从前的年代，百姓家的一顿饭极为简单，无非贴饼子和粥。晚饭通常只是粥。用高粱米或苞谷楂子煮粥，很费心费时的。怎么也得两个小时才能煮软。我每坐在炉前，借炉口映出的一小片火光，一边提防着粥别煮焖了，一边看小人书。即使厨房很黑了也不开灯，为的是省几度电钱……

如今回想起来，当时炉口映出的一小片火光，对我即是温馨。回想之际，觉得更是了。

由小人书联想到了小人书铺。我是那儿的熟客，尤其冬日去。倘积攒了五六分钱，便坐在靠近小铁炉的条凳上，从容翻阅；且可闻炉上水壶滋滋作响，脸被水汽润得舒服极了，鞋子被炉壁烘得暖和极了；忘了时间，忘了地点；偶一抬头，见破椅上的老大爷低头打盹，而外边，雪花在土窗台上积了半尺高……

如今想来，那样的夜晚，那样的时候，那样的地方，相对是少年的我便是一个温馨的所在。回想之际，觉得更是了。

上了中学的我，于一个穷困的家庭而言，几乎已是全才了。抹墙、修火炕、砌炉子，样样活儿都拿得起，干得很是在行。几乎每一年春节前，都要将个破家里里外外粉刷一遍。今年墙上滚这一种图案，明年一定换一种图案，年年不重样。冬天粉刷房子别提有多麻烦，再怎么注意，也还是会滴得哪儿哪儿都是粉浆点子。母亲和弟弟妹妹们撑不住打盹儿，东倒西歪全睡了。只有我一个人还在细细地擦、擦、擦……连地板都擦出清晰的木纹了。第二天一早，母亲和弟弟和妹妹们醒来，看看这儿，瞅瞅那儿，一切干干净净有条不紊；看得他们目瞪口呆……

如今想来，温馨在母亲和弟弟妹妹眼里，在我心里。他们眼里有种感动，我心里有种快乐。仿佛，感动是火苗，快乐是劈柴，于是家里温馨重重。尽管那时还没生火，屋子挺冷……

下乡了，每次探家，总是在深夜敲门。灯下，母亲的白发是一年比一年多了。从怀里掏出积攒了三十几个月的钱无言地塞在母亲瘦小而粗糙的手里，或二百，或三百。三百的时候，当然是向知青战友们借了些的。那年月，二三百元，多大一笔钱啊！母亲将头一扭，眼泪就下来了……

如今想来，当时对于我，温馨在母亲的泪花里。为了让母亲过上不必借钱花的日子，再远的地方我都心甘情愿地去，什么苦都算不上是苦。母亲用她的泪花告诉我，她完全明白她这一个儿子的想法。我心使母亲的心温馨，母亲的泪花使我心温馨……

参加工作了，将老父亲从哈尔滨接到北京。十几年的一间筒子楼宿舍，里里外外被老父亲收拾得一尘不染。经常地，傍晚，我在家里写作，老父亲将儿子从托儿所接回来。但听父亲用浓重的山东口音教儿子数楼阶："一、二、三……"所有在走廊里做饭的邻居听了都笑，我在屋里也不由得停笔一笑。那是老父亲在替我对儿子进行学前智力开发，全部成果是使儿子能从一数到了十。

父亲常慈爱地望着自己的孙子说："几辈人的福都让他一个人享了啊！"

其实呢，我的儿子，只不过出生在筒子楼，渐渐长大在筒子楼。

有天下午我从办公室回家取一本书，见我的父亲和我的独生子相依相偎睡在床上，我儿子的一只小手紧紧揪住我父亲的胡子（那时我父亲的胡子蓄得蛮长）——他怕自己睡着了，爷爷离开他不知到哪儿去了……

那情形给我留下极为温馨的印象。还有老父亲教我儿子数楼阶的语调，以及他关于"福"的那一句话。

后来父亲患了癌症，而我又不得不为厂里修改一部剧本，我将一张小小的桌子从阳台搬到了父亲床边，目光稍一转移，就能看到父亲仰躺着的苍白的脸。而父亲微微一睁眼，就能看到我，和他对面养了十几条美丽金鱼的大鱼缸——在父亲不能起床后我为他买的。十月的阳光照耀我，照耀着父亲。他已知自己将不久于世，然只要我在身旁，他脸上必呈现着淡对生死的镇定和对儿子的信赖。一天下午一点多我突觉心慌极了，放下笔说："爸，我得陪您躺一会儿。"尽管旁边有备我躺的钢丝床，我却紧挨着老父亲躺了下去。并且，本能地握住了父亲的一只手。五六分钟后，我几乎睡着了，而父亲悄然而逝……

如今想来，当年那五六分钟，是我一生体会到的最大的温馨。感谢上苍，它启示我那么亲密地与老父亲躺在一起，并且握着父亲的手。我一再地回忆，不记得此前也曾和父亲那么亲密地躺在一起过；更不记得此前曾在五六分钟内轻轻握着父亲的手不放过。真的感谢上苍啊，它使我们父子的诀别成了我内心里刻骨铭心的温馨……

后来我又一次将母亲接到了北京，而母亲也病着了。邻居告诉我，每天我去上班，母亲必站在阳台上，脸贴着玻璃望我，直到无法望见为止。我不信，有天在外边抬头一看，老母亲果然在那样望我。母亲弥留之际，我企图嘴对着嘴，将她喉间的痰吸出来。母亲忽然苏醒了，以为她的儿子在吻别她。母亲的双手，一下子紧紧搂住了我的头。搂得那么紧那么紧。于是我将脸乖乖地偎向母亲的脸，闭上眼睛，任泪水默默地流。

如今想来，当时我的心悲伤得都快要碎了。所以并没有碎，是有温馨粘住了啊！在我的人生中，只记得母亲那么亲爱过我一次，在她的儿子快五十岁的时候。

现在，我的儿子也已大三了。有次我在家里，无意中听到了他与他同学的交谈：

"你老爸对你好吗？"

"好啊。"

"怎么好法？"

"我小时候他总给我讲故事。"

其实，儿子小时候，我并未"总给"他讲故事。只给他讲过几次，而且一向是同一个自编的没结尾的故事，也一向是同一种讲法——该睡时，关了灯，将他搂在身旁，用被子连我自己的头一起罩住，口出异声："呜……荒郊野外，好大的雪，好大的风，好黑的夜啊！冷呀！呱嗒、呱嗒……爪子落在冰上的声音……大怪兽来了，它嗅到了我们的气味儿了，它要来吃我们了……"

儿子那时就屏息敛气，缩在我怀里一动也不敢动。幼儿园老师觉出儿子胆小，一问方知缘故，曾郑重又严肃地批评我："你一位著名作家，原来专给儿子讲那种故事啊！"

熟料，竟在儿子那儿，变成了我对他"好"的一种记忆。于是不禁地想，再过若干年，我彻底老了，儿子成年了，也会是一种关于父亲的温馨的回忆吗？尽管我给他的父爱委实太少，但却同一切似我的父亲们一样抱有一种奢望，那就是——将来我的儿子回忆起我时，或可叫作"温馨"的情愫多于"呜……呱嗒、呱嗒……"

某人家乔迁，新居四壁涂暖色漆料，贺者曰："温馨。"

年轻夫妻终于拥有了自己的小家，他们最在乎的定是卧室的装修和布置，从床、沙发的样式到窗帘的花色，无不精心挑选，乃为使小小的私密环境呈现温馨。

少女终于在家庭中分配到了属于自己的房间，也许很小很小，才七八平米，摆入了她的小床和写字桌再无回旋之地；然而几天以后你看吧，它将变得每一个角落都充满了温馨。

新房大抵总是温馨的。倘一对新人恩爱无限，别人会感到连床边的两双拖鞋都含情脉脉的；吸一下鼻子，仿佛连空气中都飘浮着温馨。反之，若同床异梦，貌合神离，那么新房的此处或彼处，总之必有一处地方的一样什么东西向他人暗示，其实反映在人眼里的温馨是假的。

在商业时代，温馨是广告语中频频出现的词语之一。我曾见过如下广告：

"饮 ×× 酒吧，它能使你的人生顿变温馨。"

我想，那大约只能是对斯文的醉君子而言，若是酒鬼又醉了，顿时感到的一定是他人生的另一种滋味。

余也愚钝，百思不得其解。

酒吧总是刻意营造温馨的。

我虽一向拒沾酒气，却也被朋友邀至过酒吧几次。朋友问："够温馨吧？"

烛光相映，人面绰约。

我说："温馨。"

然内心里却半点儿体会到温馨的真感觉也没有。

我想，温馨肯定是多种多样的。除了那条广告其意太深我无法理解，以上种种皆是温馨，也不该成为什么问题。

我想，温馨一定是有共性前提的。首先它只能存在于较小的空间。世界上的任何宫殿都不可能是温馨的，但宫殿的某一房间却会是温馨的。最天才的设计大师也不能将某展览馆搞成一处温馨的所在；而最普通的女人，仅用旧报纸、窗花和一条床单、几个相框，就足以将一间草顶泥屋收拾得温馨慰人；在一辆奔驰车内放一排布娃娃给人的印象是怪怪的，而有次我看见一辆奥拓车内那样，却使我联想到了少女的房间。其次温馨它一定是同暖色调相关的一种环境。一切冷色调都会彻底改变它，而一切艳颜丽色也将使温馨不再。那时它或者转化为浪漫，或者转化为它的反面，变成了浮媚和庸俗。温馨也当然地是与光线相关的一种环境。黑暗中没有温馨，亮亮堂堂的地方也与"温馨"二字无缘。所以几乎可以断言，盲人难解温馨何境。而温馨所需要的那一种光，是半明半暗的，是亦遮亦显的，是总该有晕的。温馨并不直接呈现在光里，而呈现在光的晕里。故刻意追求温馨的人，就现代的人而言，对灯的形状、瓦数和灯罩，都是有极讲究的要求的。

但我觉得，定有另类的一种温馨，它不是设计与布置的结果，不是刻意营造出来的。

它储存在寻常人们所过的寻常的日子里，偶一闪现，转瞬即逝，溶解在寻常日子的交替中。它也许是老父亲某一时刻的目光；它也许曾浮现于老母亲变形了的嘴角；它也许是我们内心的一丝欣慰；甚至，可能与人们所追求的温馨恰恰相反，体现为某种忧郁、感伤和惆怅。

它虽溶解在日子里，却并没有消亡，而是在光阴和岁月中渐渐沉淀，等待我们不经意间又想起了它。

而当我们想起了它的时候，我们往往会对自己说——温馨吗？我知道那是什么！并且，顿感其他一概的温馨，似乎都显得没有多少意味了……

给儿子的留言

　　你今天放学，爸爸已回哈市了。在你期末考试前，不知能否回来。因为四叔昨天夜里突然从哈市打电话告诉奶奶病了，正于医院抢救中……当时你睡了，爸爸没告诉你。

　　你无法完全理解爸爸对奶奶的亲情。这亲情中包含着太多太多儿子对母亲的内疚。等我从哈市回来再讲给你听——爸爸有一种极不祥的预感，可能爸爸此一去，将永远失去爸爸的妈妈了。写到这儿，眼泪在爸爸眼里转……

　　但爸爸给你留言，主要是关于你对考试的态度嘱咐你几句——当了爸爸妈妈的中年男人女人几乎都这样，一颗心分几瓣儿。主要的两瓣儿给儿女，给自己的爸妈，所谓"上有老，下有小"。你将来也会人到中年，那时你也会有深切的体会……

　　我认为——你已经努力学习了。这爸爸看到了，妈妈也看到了。所以，无论你此次考得多么差，爸爸妈妈都不会埋怨你的。因为你已经尽到了自己是学生的义务，已经表现出了自己对自己的责任心。爸爸妈妈因某一次考试的失利而埋怨你这样一个儿子是错误的，对儿子也是极不公平的。

考试——能否正常发挥自己的学习水平很重要。所谓正常，其实就是尽量做到凡自己会的，能答对的，不丢太多的分，甚至不丢分。

当然，要做到这一点也不容易。因为考场是一种氛围特殊的"场"。在规定时间内，面对那么多考卷，难免心里紧张。一紧张，每每会的，也似乎不会了。一道难题卡住，纠缠过久，时间不允许；干脆放弃，丢分又太多。以为对于别的同学根本不算难题，自己觉得难，乃因自己太笨。于考场的氛围中这么一想，先自气馁，于是自信崩溃……

以上种种，皆考场紧张的心理原因。一半源自外界，比如以前没考好，爸爸妈妈曾给脸色看。一半源自内心，怕在同学中太失面子。

爸爸妈妈以前确因你没考好曾给你脸色看过。但那时的你太贪玩，学习缺乏上进心。现在你不是改变了吗？你既改变了，爸爸妈妈对你考试成绩的态度，不是也改变了吗？

好固可喜，差亦欣然——这就是爸爸妈妈的态度。我保证，首先绝对是爸爸对你考试成绩的真实不相欺的态度。

丘吉尔也曾是中学的成绩差生。

巴尔扎克还是中学的厌学生。

中国的教育体制有问题，这是你们这几代学生所面对的现实；你们必须顺应这有问题的教育体制，这是你们这几代学生所面对的另一现实。

两种现实加起来，严重影响你们的人生。但再严重，也仅仅是影响而已，断不会是裁定。目前中国求知识的途径正多起来。别的途径也是可以成才并进而推动人生的。

这么一想，一次考试成绩不理想又怎么样？高考落榜又怎么样？——是遗憾，但绝非人生的深渊。

总之我是在指出——爸爸妈妈能正确对待，你自己反而不太能正确对待了似的。否则你为什么临考前总失眠呢？为什么仅仅一科失利，就阴云满面呢？

想想那些参加奥运会的各国运动员们吧！四年一赛，有人苦练四年，只为一搏。也有人一搏失利，由于年龄原因，以后再无搏的时机。那他们不活了吗？

要学他们面对挫折的心理承受力。

除了心理要调整，"战术"上也要调整。

爸爸给你的建议是——不在难题上纠缠太久。看了两遍还没找到解题的良好感觉，干脆绕过。将会的题易的题全解完，回过头来再"攻克"。倘已没时间，拉倒。总之，一味只管做下去，遇难题就绕行。先将有把握的分数拿下再说。

高考前的一切考试，不过是"热身"式的考试。意义在于经验的积累和教训的总结。

考数学前一天，不必再苦苦钻研。干脆放松，连书也不翻。倒是应该静下心来，回想一下——自己以往所遇难题，有几种类型？解题和思路有什么规律性？其题可变异为另外的哪几种类型？如何看出特征，识别其变异？

考语文前一天仍需看看书，还有外语。两门是须强记的学科。多记一点儿，便有多获几分的可能。作文勿跑题。不求事例新，但求事例准，较严格地符合题意。

倘或"出师不利"——第一天没考好，哪怕两门都没考好，也不要沮丧。只不过是高二第一学期，说明不了什么根本问题。

临行匆匆，留言仓促，倘不认为是多此一举，则父望记。儿子，请在内心里替奶奶祈祷几次！

爸爸

父母是最朴素的人文

一年一度，又逢母亲节、父亲节。

我的意识中，母亲像一棵树，父亲像一座山。他们教给我很多朴素的为人处世的道理，令我终身受益。我觉得，对于每一个人，父母早期的家教都具有初级的朴素的人文元素。我作品中的平民化倾向，同父母从小对我的教育和影响密不可分。

我出生在哈尔滨市一个建筑工人家庭，兄妹五人。为了抚养我们五个孩子，父亲在我很小的时候就到外地工作，每月把钱寄回家。他是国家第一代建筑工人。母亲在家里要照顾我们五个孩子的生活，非常辛劳。母亲给我的印象像一棵树，我当时上学时看到的那种树——秋天不落叶，要等到来年春天，新叶长出来后枯叶才落去。

当时父亲的工资很低，每次寄回来的钱都无法维持家中的生活开支，看着我们五个正处在成长时期的孩子，食不饱腹，鞋难护足，母亲就向邻居借钱。她有一种特别的本领，那就是能隔几条街借到熟人的钱。我想，这是她好人缘所起的作用。尽管这样，我们因为贫困还是生活得很艰难，五个孩子还是经常会挨饿。

一次，我小学放学回家走在路上，肚子饿得咕咕叫，正无精打采地往家赶时，看到一个老大爷赶着马车从我面前走过。一股香喷喷的豆饼味迎面扑来，我立即向老大爷的马车看过去，发现马车上有一块豆饼。我本来就饿，再加上豆饼香味的刺激，当时只有一个念头，拿着豆饼填饱肚子。我趁着老大爷不注意，抱起他身旁唯一的一块豆饼，拔腿就跑。

老大爷拿着马鞭一直在后面追我，我跑进家里，他不知道我一下子跑入了哪间房子。我心惊胆战地躲在家里，可没想到他还是找到了我家。

"你看到一个偷我豆饼的小孩吗？"老大爷问我母亲。

母亲对发生的事全然不知。老大爷就把事情的经过给母亲详细说了一遍，然后蹲在地上沮丧地说："我是农村的庄稼人，专门替别人给城里的人家送菜，每次送完菜，没有工钱，就得到四分之一块豆饼，可没想到半路上豆饼被一个学生娃给抢了，可怜我家里还有妻子和孩子，就靠这点豆饼充饥……"

母亲听完后，立即命令我把豆饼还给了老大爷。他大约走了十几米远后，母亲突然喊住了他。母亲将家中仅剩的几个土豆和窝头送给了他，老大爷看到玉米面做的窝头时，就像一个从未见过粮食的人一样，眼睛放亮，一边不停地说着感激的话一边流着眼泪。

母亲回到家时，我以为她会打骂我，可她没有，她要等到所有的孩子都回来。晚饭后，她要我将自己的行为说了一遍，然后才严厉地教训我："如果你不能从小就明白一个人绝不可以做哪些事，我又怎么能指望你以后是一个社会上的好人？如果你以后在社会上都不能是一个好人，当母亲的对你又能获得什么安慰？"这些道理不在书本里，不在课堂上，却使我一生受益。

母亲最令我感动的事是发生在"三年困难时期"的那件事。当时因为我们家里小孩多，所以政府给了我们家一点粮食补贴，其实也没有补贴多少，也就补了五至十斤粮食吧。月底的最后一天，家里一点粮食都没有了，揭不开锅，母亲就拿着饭盆将几个空面粉袋子一边抖一边刮，终于刮出了一些残余的面粉。母亲把它做成了一点疙瘩汤，然后在小院子里摆上凳子。

正在我们吃饭的时候，来了一个讨饭的。这是一个留着长胡子的老人，衣服穿得很破，脸看上去也有几天没洗。他看着我们几个孩子喝疙瘩汤的时候，显得非常馋。母亲给他端来洗脸水后，又给他搬凳子，把她自己的那份疙瘩汤盛给了他，而自己饿着肚子。

然而这件事被邻居看到后，不知是谁在开会时把这个事讲出来了，说我们家粮食多得吃不完，还在家中招待要饭的人。从这以后，我们家就再也没有粮食补贴了。可我母亲对这件事并没有后悔，她对我们说你们长大后也要这样。所以我觉得有时母亲做的某些小事都具有对儿童和少年早期人文教育的色彩。我现在教育我的学生也经常这样讲，少写一点初恋、郁闷，少写一点流行与时尚，多想一下自己的父母，如果连自己的父母都不了解，谈何了解天下。

我们这一代人的父母，几乎没有过一天幸福的晚年。老舍在写他的母亲时说，我母亲没有穿一件好衣服，没有吃一顿好饭，我拿什么来写母亲。我能感受到作者当时的心情。萧乾在写他母亲时说，他当时终于参加工作并把第一个月的工资拿来给母亲买罐头，当他把罐头喂给病床上的母亲时，她已经停止了呼吸。季羡林在回忆他母亲时写道：我后悔到北京到清华学习，如果不是这样，我母亲也不会那么辛苦培养我读书。我母亲生病时，都没有告诉我，等我回到家时，母亲已经去世，我当时就恨不得一头撞在母亲的棺木上，随她一起去……

这样的父母很多，如果我们的父母也长寿，到街心公园打打太极拳，提着鸟笼子散散步，过生日时给他们送上一个大蛋糕，春节一家人到酒店吃一顿饭，甚至去旅游，我们心中也会释然。如果我们少一点粗声粗气地对母亲说话，少惹她生气，如果我们能多抽出一点时间来陪陪母亲，那就好了。我想全世界的儿女都是孝的，只要我们仔细看一下"老"字和"孝"字，上面都是一样的，"老"字非常像一个老人半跪着，人到老年要生病，记性不好，像小孩，不再是那个威严的教育你的父母，他变成弱势了，在别人面前还有尊严，在你面前却要依靠……

最后我想说，爱是双向的。只有父母对孩子的爱，没有孩子对父母的爱，这种爱是不完整的。父母养育孩子，子女尊敬父母，爱是人间共同的情怀和关爱。

少年时代

人啊，如果你正处在青春时期，

无论什么样的挫折，无论什么样的失落，

无论什么样的不公平，

都不要让它损害或玷污了你的青春！

我的少年时代

怎么的，自己就成了一个四十多岁的人了呢？

仿佛站在人生的山头上，五十岁的年龄正在向我招手。如俗话常说的——"转眼间的事儿"。我还看见六十岁的年龄拉着五十岁的手。我知道再接着我该从人生的山头上往下走了，如太阳已经过了中午。不管我情愿不情愿，我必须接受这样一个现实……

于是茫然地，不免频频回首追寻消失在岁月里的童年和少年时代。

我是一个穷人家的孩子。父亲是建筑工人，中国的第一代建筑工人。我六岁的时候他到大西南去了，以后我每隔几年才能见到他一面。在十年"文革"中我只见过他三次。我三十三岁那一年他退休了。在我三十三岁至四十岁的七年中，父亲到北京来，和我住过一年多。一九八八年五月他再次来北京，已是七十七岁的老人了。这一年的十月，父亲病逝在北京。

父亲靠体力劳动者的低微工资养活我和弟弟妹妹们。我常觉得我欠父亲很多很多。我总想回报，其实没能回报，如今这一愿望再也不可能实现。

母亲也是七十多岁的老人了。在我的印象中，母亲就没穿过新衣服。我是扯着母亲的破衣襟长大的。如今母亲是有几件新衣服了，但她不穿。她说，都老太婆了，还分什么新的旧的。年轻时没穿过体面的，老了，更没那种要好的情绪了……

小胡同，大杂院，破住房，整日被穷困鞭笞得愁眉不展的母亲，窝窝头、野菜粥、补丁连补丁的衣服、露脚趾的鞋子……这一切构成我童年和少年时代的物质的内容。

那么精神的呢？想不起有什么精神的。却有过一些渴望——渴望有一个像样的铅笔盒，里面有几支新买的铅笔和一支书写流利的钢笔；渴望有一个像样的书包；渴望在过队日时穿一身像样的队服；渴望某一天一觉醒来睁开眼睛，惊喜地发现家住的破败的小泥土房变成了起码像个样子的房子。也就是起码门是门，窗是窗，棚顶是棚顶，四壁是四壁。而在某一隅，摆着一张小小的旧桌子，并且它是属于我的。我可以完全占据它写作业，学习……如果这些渴望都可以算是属于精神的，那么就是了。

小学三年级起我是"特困生""免费生"。初中一年级起我享受助学金。每学期三元五角。现在回想起来似乎是不可思议的事情。每学期三元五角，每个月七角钱。为了这每个月七角钱的助学金，常使我不知如何自我表现，才能觉得自己是一个够资格享受助学金的学生。那是一种很大的精神负担和心理负担。用今天时髦的说法，"活得累"。对于童年和少年时代的我，由于穷困所逼，学校和家都是缺少亮色和欢乐的地方……

回忆不过就是回忆而已。写出来则似乎便有"忆苦"的意味儿。我更想说的其实是这样两种思想——我们的共和国它毕竟在发展和发达着，咄咄逼人的穷困虽然仍在某些地方和地区存在着，但就大多数人言，尤其在城市里，当年那一种穷困，毕竟是不普遍的了。如果恰恰读我这一篇短文的同学，亦是今天的一个贫家子弟，我希望他或她能产生这样的想法——梁晓声能从贫困的童年和少年过到人生的中年，我为何不能？我的中年，将比他的中年，还将是更不负年龄的中年哪！

一个人的童年和少年，十分幸福，无忧无虑，被富裕的生活所宠爱着，固然是令人羡慕的，固然是一件幸事。我祝愿一切下一代人，都有这样的童年和少年。

但是，如果一个人的童年和少年不是这样，也不必看成一件很不幸的事。不必以为，自己便是天下最不幸的人了，更不必耽于自哀自怜。我的童年和少年，教我较早地懂了许多别的孩子尚不太懂的东西——对父母的体恤，对兄弟姐妹的爱心，对一切被穷困所纠缠的人们的同情，而不是歧视他们，对于生活负面施加给人的磨难的承受力，自己要求于自己的种种的责任感，以及对于生活里一切美好事物的本能的向往，对人世间一切美好情感的珍重……

这些，对于一个人的一生，都是有益处的。也可以认为，是生活将穷困施加在某人身上，同时赏赐于某人的补偿吧。倘人不用心灵去吸取这些，那么穷困除了是丑恶，便对人生多少有点儿促进的作用都没有了……

愿人人都有幸福的童年和少年……

第一支钢笔

它是黑色的，笔身粗大，外观笨拙。全裸的笔尖，旋拧的笔帽。胶皮笔囊内没有夹管，吸墨水时，捏一下，缓慢鼓起。墨水吸得太足，写字常常"呕吐"，弄脏纸和手。我使用它，已经二十多年了。笔尖劈过，断过，被我磨齐了，也磨短了。笔道很粗，写一个笔画多的字，大稿纸的两个格子也容不下。已不能再用它写作，只能写便笺或信封。

它是我使用的第一支钢笔，母亲给我买的。那一年，我升入小学五年级。学校规定，每星期有两堂钢笔字课。某些作业，要求学生必须用钢笔完成。全班每一个同学，都有了一支崭新的钢笔，有的同学甚至有两支。我却没有钢笔可用，连支旧的也没有。我只有蘸水钢笔，每次完成钢笔作业，右手总被墨水染蓝，染蓝了的手又将作业本弄脏。我常因此而感到委屈，做梦都想得到一支崭新的钢笔。

一天，我终于哭闹起来，折断了那支蘸水笔，逼着母亲非立刻给我买一支吸水笔不可。

母亲对我说："孩子，妈妈不是答应过你，等你爸爸寄回钱来，一定给你买支吸水笔吗？"

我不停地哭闹，喊叫："不不，我今天就要。你去给我借钱买。"

母亲叹了口气，为难地说："你这孩子，真不懂事。这月买粮的钱，是向邻居借的；交房费的钱，也是向邻居借的；给你妹妹看病，还是向邻居借的钱。为了今天给你买一支吸水笔，你就非逼着妈妈再去向邻居借钱吗？叫妈妈怎么向邻居张得开口啊？"

我却不管母亲好不好意思再向邻居张口借钱，哭闹得更凶。母亲心烦了，打了我两巴掌。我赌气哭着跑出了家门……

那天下雨，我在雨中游荡了大半日不回家，衣服淋湿了，头脑也淋得平静了，心中不免后悔自责起来。是啊，家里生活困难，仅靠在外地工作的父亲每月寄回几十元钱过日子，母亲不得不经常向邻居开口借钱。母亲是个很顾脸面的人，每次向邻居家借钱，都需鼓起一番勇气。

我怎么能为了买一支吸水笔，就那样为难母亲呢？我觉得自己真是太对不起母亲了。

于是我产生了一个念头，要靠自己挣钱买一支钢笔。这个念头一产生，我就冒雨朝火车站走去。火车站附近有座坡度很陡的桥，一些大孩子常等在坡下，帮拉货的手推车夫们推上坡，可讨得五分钱或一角钱。

　　我走到那座大桥下，等待许久，不见有手推车来。雨越下越大，我只好站到一棵树下躲雨。雨点噼噼啪啪地抽打着肥大的杨树叶，冲刷着马路。马路上不见一个行人的影子，只有公共汽车偶尔驶来驶往。几根电线杆子远处，就迷迷蒙蒙地看不清楚什么了。

　　我正感到沮丧，想离开，雨又太大，等下去，肚子又饿，忽然发现了一辆手推车，装载着几层高高的木箱子，遮盖着雨布。拉车人在大雨中缓慢地、一步步地朝这里拉来。看得出，那人拉得非常吃力，腰弯得很低，上身几乎俯得与地面平行了，两条裤腿都挽到膝盖以上，双臂拼力压住车把，每迈一步，似乎都使出了浑身的劲儿。那人没穿雨衣，头上戴顶草帽。由于他上身俯得太低，无法看见他的脸，也不知他是个老头，还是个小伙儿。

　　他刚将车拉到大桥坡下，我便从树下一跃而出，大声问："要帮一把吗？"

　　他应了一声。我没听清他应的是什么，明白是正需要我"帮一把"的意思，就赶快绕到车后，一点也不隐藏力气地推起来。车上不知拉的何物，非常沉重。还未推到半坡，我便一点力气也没有了，双腿发软，气喘吁吁。那时我才知道，对于有些人来说，钱并非容易挣到的。即使一角钱，也是并非容易挣到的，何况我还空着肚子呢。又推了几步，实在推不动了，产生了"偷劲"的念头。反正拉车人是看不见我的。我刚刚松懈了一点力气，就觉得车轮顺坡倒转。不行，不容我"偷劲"。那拉车人，也肯定是拼着最后一点力气在坚持，在顽强地向坡上拉。我不忍心"偷劲"了。我咬紧牙关，憋足一股力气，发出一个孩子用力时的哼唷声，一步接一步，机械地向前迈动步子。

车轮忽然转动得迅速起来。我这才知道，已经将车推上了坡，开始下坡了。手推车飞快地朝坡下冲，那拉车人身子太轻，压不住车把，反被车把将身子悬起来，双腿离了地面，控制不住车的方向。幸亏车的方向并未偏往马路中间，始终贴着人行道边，一直滑到坡底才缓缓停下。

我一直跟在车后跑，车停了，我也站住了。那拉车人刚转过身，我便向他伸出一只手，大声说："给钱。"

那拉车人呆呆地望着我，一动不动，也不掏钱，也不说话。

我仰起脸看他，不由得愣住了。"他"……原来是母亲。雨水，混合着汗水，从母亲憔悴的脸上直往下淌。母亲的衣服完全淋透了，像从水里捞出来的一样，湿漉漉地贴在身上，显出了她那瘦削的两肩的轮廓。她胸口剧烈地起伏着，脸色苍白，大口大口地喘着气。

我望着母亲，母亲望着我，我们母子完全怔住了。

就在那一天，我得到了那支钢笔，梦寐以求的钢笔。

母亲将它放在我手中时，满怀期望地说："孩子，你要用功读书啊。你要是不用功读书，就太对不起妈妈了……"

在我的学生时代，我一刻都没有忘记过母亲满怀期望对我说的这番话。

如今，二十多年过去了，我已经是个成年人了，母亲变成老太婆了。那支笔，也可以说早已完成它的历史使命了。但我，却要永远保存它，永远珍视它，永远不抛弃它。

我与橘皮的往事

多少年过去了，那张清瘦而严厉的、戴六百度黑边近视镜的女人的脸，仍时时浮现在我眼前，她就是我小学四年级的班主任老师。想起她，也就使我想起了一些关于橘皮的往事……

其实，校办工厂并非今天的新事物。当年我的小学母校就有校办工厂，不过规模很小罢了。专从民间收集橘皮，烘干了，碾成粉，送到药厂去。所得加工费，用以补充学校的教学经费。

有一天，轮到我和我们班的几名同学，去那小厂房里义务劳动。一名同学问指派我们干活的师傅，橘皮究竟可以治哪几种病？师傅就告诉我们，可以治什么病，尤其对平喘和减缓支气管炎有良效。

我听了暗暗记在心里。我的母亲，每年冬季都被支气管炎所苦，经常喘作一团，憋红了脸，透不过气来。可是家里穷，母亲舍不得花钱买药，就那么一冬季又一冬季地忍受着，一冬季比一冬季气喘得厉害。看着母亲喘作一团，憋红了脸透不过气来的痛苦样子，我和弟弟妹妹每每心里难受得想哭。我暗想，一麻袋又一麻袋，这么多这么多橘皮，我何不替母亲带回家一点儿呢？……

当天，我往兜里偷偷揣了几片干橘皮。

以后，每次义务劳动，我都往兜里偷偷揣几片干橘皮。

母亲喝了一阵子干橘皮泡的水，剧烈喘息的时候，分明地减少了，起码我觉着是那样。我内心里的高兴，真是没法儿形容。母亲自然问过我——从哪儿弄的干橘皮？我撒谎，骗母亲，说是校办工厂的师傅送的。母亲就抚摸我的头，用微笑表达她对她的一个儿子的孝心所感受到的那一份儿欣慰。那乃是穷孩子们的母亲们普遍的、最由衷的也是最大的欣慰啊！

不料想，由于一名同学的告发，我成了一个小偷、一个贼。

先是在全班同学的眼里成了一个小偷、一个贼，后来是在全校同学的眼里成了一个小偷、一个贼。

那是特殊的年代。哪怕小到一块橡皮、半截铅笔，只要一旦和"偷"字连起来，也足以构成一个孩子从此无法洗刷掉的耻辱，也足以使一个孩子从此永无自尊可言。每每的，在大人们互相攻讦之时，你会听到这样的话——"你自小就是贼！"——那贼的罪名，却往往仅因为一块橡皮、半截铅笔。那贼的罪名，甚至足以使一个人背负终生。即使往后别人忘了，不再提了，在他或她内心里，也是铭刻下了。这一种刻痕，往往扭曲了一个人的一生，改变了一个人的一生，毁灭了一个人的一生……

在学校的操场上，我被迫当众承认自己偷了几次橘皮，当众承认自己是贼。当众，便是当着全校同学的面啊！

于是我在班级里，不再是任何一个同学的同学，而是一个贼。于是我在学校里，仿佛已经不再是一名学生，而仅仅是、无可争议地是一个贼，一个小偷了。

我觉得，连我上课举手回答问题，老师似乎都佯装不见，目光故意从我身上一扫而过。我不再有学友了，我处于可怕的孤立之中。我不敢对母亲说我在学校的遭遇和处境，怕母亲为我而悲伤……当时我的班主任老师，也就是那一位清瘦而严厉的、戴六百度近视镜的中年女教师，正休产假。她重新给我们上第一堂课的时候，就觉察出了我的异常处境。放学后她把我叫到僻静处，而不是教员室里，问我究竟做了什么不光彩的事。我哇地哭了……第二天，她在上课之前说："首先我要讲讲梁绍生（我当年的本名）和橘皮的事，他不是小偷，不是贼。是我吩咐他在义务劳动时，别忘了为老师带一点儿橘皮。老师需要橘皮掺进别的中药治病，你们再认为他是小偷、是贼，那么也把老师看成是小偷、是贼吧！……"

第三天，当全校同学做课间操时，大喇叭传出了她的声音，说的是她课堂里所说的那番话……从此，我又是同学的同学，学校的学生，而不再是小偷、不再是贼了。从此，我不想死了……我的班主任老师，她以前对我从没偏爱过，以后也不会。在她眼里，以前和以后，我都只不过是她的四十几名学生中的一个，最普通的最寻常的一个……但是，从此，在我的心目中，她不再是一位普通的老师了，尽管依然像以前那么严厉，依然戴六百度的近视镜……

在"文革"中，那时我已是中学生了，没给任何一位老师贴过大字报。我常想，这也许和我永远忘不了我的小学班主任老师有某种关系。没有她，我不太可能成为作家。也许我的人生轨迹将彻底地被扭曲、被改变，也许我真的会变成一个贼，以我的堕落报复社会。也许，我早已自杀了……

以后我受过许多险恶的伤害，但她使我永远相信，生活中不只有坏人，像她那样的好人是确实存在的……因此我应永远保持对生活的真诚热爱！

几个春节一段人生

倘你是少年，

你肯定已度过了十几个春节；

倘你是青年，

你肯定已度过了二十几个春节；

倘你是中年，

你肯定已度过了四五十个春节；

倘你是老年，

你肯定已度过了六七十个乃至更多次春节……

其实，我想说的是——那么，你究竟能清楚地记得几次春节的情形呢？你能将你度过的每一次春节的欢乐抑或伤感，都记忆犹新地一一道来么？

我断定你不能。许许多多个春节，哦，我不应该用许许多多这四个字。因为实际上，能度过一百个以上春节的人，真是太少太少了！

我们的记忆竟是这么对不起我们！它使我们忘记我们在每一年最

特殊的日子里所体会的那些欢乐，那些因欢乐的不可求而产生的感伤，如同小学生忘记老师的每一次课堂提问一样……

难道春节对于我们每一个人来说，不是每年中最特殊的日子么？此外，对于我们中国人来说还有什么比春节更特殊的日子呢？生日？——生日是世界性的，不是"中国特色"的。而且，一家人一般不会是同一个生日啊。

春节仿佛是家庭的生日。一个人过春节，是没法儿体会全家团聚其乐融融那一种亲情交织的温馨的，也没法儿体会那一种棉花糖般膨化了的生活的甜。

中国人盼望春节，欢庆春节，是因为春节放假时日最长，除了能吃到平时没精力下厨烹做的美食，除了能喝到平时舍不得花钱买的美酒，最主要的，更是在期盼平时难以体会得到的那一种温馨，以及那一种生活中难忘的甜呀！

那温馨，那甜，虽因贫富而有区别，却也因贫富而各得其乐。于是我们理解了为什么杨白劳在大年三十夜仅仅为喜儿买了一截红头绳，喜儿就高兴得跳起来，唱起来……

大年三十夜使红头绳仿佛不再是红头绳，而是童话里的一大笔财富似的！

人家姑娘有花儿戴，

我爹没钱不能买。

扯上二尺红头绳，

欢欢喜喜扎起来……

《白毛女》中这段歌，即使今天，那甜中有苦、苦中有甜的欢悦，也是多么令人怆然啊！

浪迹他乡异地的游子，春节前，但凡能够，谁不匆匆地动身往家里赶？

有家的人们，不管是一个多么穷多么破的家，谁不尽量将家收拾得像个样子？起码，在大年三十夜，别的都做不到，也要预先备下点儿柴，将炉火烧得旺一些……

我对小时候过的春节，早已全然没了印象。只记得四五岁时，母亲刚刚生过四弟不久的一个春节，全家围着小炕桌在大年三十晚上吃饺子，我一不小心，将满满一碗饺子汤洒在床上了，床上铺的是新换的床单。父亲生气之下，举起了巴掌，母亲急说："大过年的，别打孩子呀！"父亲的巴掌没落在我头上，我沾了春节的光。

新棉衣被别的孩子扔的鞭炮炸破了，不敢回家，躲在邻居家哭——这是我头脑中保留的一个少年时的春节的记忆。这记忆作为小情节，被用在《年轮》里了。

也还记得上初二时的一个春节——节前哥哥将家中的一对旧木箱拉到黑市上卖了二十元钱。母亲说："今年春节有这二十元钱，该可以过个像样的春节了。"时逢做店员的邻家大婶儿通告，来了一批猪肉，很便宜，才四角八分一斤。那是在国库里冻了十来年的储备肉，再不卖给百姓，就变质了。所以便宜，所以不要票。我极力动员母亲，将那二十元都买肉。既是我的主张，那么我当然自告奋勇去买。在寒冷的晚上，我走了十几里路，前往那郊区的小店。排了整整一夜，第二天早上买到了大半扇猪肉。用绳子系在身后，背着走回了家。四十来斤大半扇猪肉，去了皮和骨，只不过收拾出二十来斤肉。那猪肉瘦得没法儿形容……

一九六八年，大约是初二或初三，既上不了学又找不到工作的我，去老师家里倾诉苦闷。夜晚回家的路上，遇着两个男人架着一个醉汉。他们见我和他们同路，就将那醉汉交付给我了，说只要搀他走过两站路就行了。我犹豫未决之间，他们已拔腿而去。怎么办呢？醉汉软得如一摊泥。我不管他，他躺倒于地，岂不是会冻死么？我搀他走过两站，又走过两站，直走到郊区的一片破房子前。亏他还认得自家门。我一直将他搀进屋。

至今记得，他叫周翔，是汽车修理工，妻子死了，有四个孩子。他一到家就吐了。吐罢清醒了。清醒了的他，对我很是感激。以后几天，一直到正月十五，我几乎天天去他家，而他几乎天天不在家。我就替他收拾屋子，照顾儿子，做饭、洗衣，当起用人来。终于我明白，他天天白日不在家，无非是找地方去借酒浇愁。而他借酒浇愁，是因为他自己刚刚失去了工作！……我真傻，竟希望这样的人为我找工作……

半年后，六月，我义无反顾地下乡了。

周翔和那一年的春节，彻底结束了我的少年时代。我一直觉得，是那一年的春节和周翔其人使我开始成熟了，而不是"上山下乡运动"……兵团生活的六年中，我于春节前探过一次家。和许多知青一样，半夜出火车站，背着几十斤面，一路上急急往家赶，心里则已在想着，如果母亲看见我，和她这个儿子将要交给她的一百多元钱，该多高兴呀——全家又可美美地过一次春节了，虽然远在四川的父亲不能回家有点儿遗憾……

那么，另外五个春节呢？当然全是在北大荒过的。

可究竟怎么过的呢？努力回忆也回忆不起来了。我曾是班长、教师、团报道员、抬木工。从连队到机关再被贬到另一个连队，命运沉浮，过春节的情形，则没什么不同。无非看一场电影，一场团或连宣传队的演出，吃一顿饺子几样炒菜，蒙头大睡——当知青时，过春节的第一大享受对于我来说，不是别的，是可以足足地补几天觉……

上大学的第一个春节是在上海市虹桥医院的肝炎隔离病房度过的……

第二个第三个春节都没探家，全班只剩我一个学生在校……

在北影工作十年，只记住一个春节——带三四岁的儿子绕到宿舍楼后去放烟花。儿子曾对我说，那是他最温馨的回忆。所以那也是我关于春节的最温馨的回忆之一……

在儿童电影制片厂十余年，头脑中没保留下什么关于春节的特殊印象。只记得头几年的三十儿晚上，和老厂长于蓝同志相约了，带上水果、糖、瓜子花生之类，去看门卫战士们——当年的他们，都调离了。如今老厂长于蓝已退休，我也不再担任什么职务，好传统也就没继承下来……

怎么的？大半截人生啊！整整五十年啊！五十个春节，头脑中就保留下了一点点支离破碎的记忆么？是的。真的！就保留下了这么一点点支离破碎的记忆。

虽然是支离破碎的记忆，但除了一九六八年的春节而外，却又似乎每忆起来，都是那么温馨。一九六八年的春节，我实际上等于初二或初三后就没在自己家，在周翔家当用人来着……

如今我们中国人过春节的内容更丰富了。利用春节假期进行旅游，以至于"游"到国外去，早已不是什么新潮流了。亲朋好友的相互拜年迎来送往，也差不多基本上被电话祝福所代替了。人们越来越希望，能在节假日期间留给自己和家庭更多的"自控时段"，以享受家庭生活的温馨。

改革开放使一部分中国人富了起来，使大部分中国人的生活水平居住水平明显提高，春节之内容的物质质量也空前提高。吃饺子已不再是春节传统的"经典内容"。如果统计一下定会发现，在城市，春节期间包饺子的人比从前少多了。而在九十年代以前，谁家春节没包饺子，那可能会是因为发生了冲淡节日心情的不幸。而现在是因为——几乎每一个小店平日都有速冻饺子卖，吃饺子像吃方便面一样是寻常事了。尽管有不少"下岗"者，但祥林嫂那种在春节无家可归冻死街头的悲剧，毕竟是少有所闻了……

我们中国人过春节的内容和方式，分明正变化着。在乡村，传统的习俗仍被加以珍惜，不同程度上被保留着。在城市，春节的传统习俗，正受到日新月异的现代生活方式和生活质量的冲击，甚至已经发生了彻底的变化……

依我想来，我们中国人大可不必为春节传统内容的瓦解而感伤，从某种角度看，不妨也认为是生活观念的解放……

只要春节还放一年中最长的节假，春节就永远是我们中国人"总把新桃换旧符"的春节。

毕竟，亲情是春节最高质量的标志。亲情是在我们内心里的，不是写在日历上的。

一个人，只要是中国人，无论他或她多么了不起，多么有作为，一旦到了晚年，一旦陷入对往事的回忆，春节必定会伴着流逝的心情带给自己某些欲说还休的惆怅。

因为春节是温馨的，是欢悦的。那惆怅即使绵绵，亦必包含着温馨，包含着欢悦啊！……

哪怕仅仅为了我们以后回忆的滋味是美好的，让我们过好每一次春节吧！

我以为，事实上若我们能对春节保持一份"平平淡淡才是真"的好心情，那么，我们中国人的每一次春节，便都会是人生中难忘的回忆。

花儿与少年

有一少年，刚上小学六年级，班主任老师多次对他妈妈说："做好思想准备吧，看来你儿子考上中学的希望不大，即使是一所最最普通的中学。"

同学们也都这么认为，疏远他，还给他起了个绰号"逃学鬼"。

是的，他经常逃学。

有时候他妈妈陪他去上学，直至望得见学校了才站住，目送他继续朝学校走去。那时候他妈妈确信，那一天他不会逃学了。

那一天他竟又逃学了。

他逃学的原因是多方面的，最主要的原因是贫穷。贫穷使他交不起学费，买不起新书包。都六年级了，他背的还是上小学一年级时的书包。对于六年级生，那书包太小了。而且，像他的衣服一样，补了好几块补丁。这使他自惭形秽。也使他的自尊心极其敏感。我们都知道，那样的自尊心太容易受伤。往往是，其实并没有谁成心以言行伤害他，但是他却已经因为别人的某句话、某种眼神或某种举动，而遭暗算了似的。自卑而又敏感的自尊心，通常总是那样的。处在他那种年龄，很难悟到问题出在自己这儿。

妈妈向他指出过的。

妈妈不止一次说："家里明明穷，你还非爱面子！早料到你打小就活得这么不开心，莫如当初不生你。"

老师也向他指出过的。

老师不止一次当着他的面在班上说："有的同学，居然在作文中写，对于别人穿的新鞋子如何如何羡慕。知道这暴露了什么思想吗？……"

在一片肃静中，他低下了他的头——他那从破鞋子里戳出来的肮脏的大脚趾，顿时模糊不清了……

妈妈的话令他产生罪过感。

老师的话令他反感。

于是他曾打算以死来向妈妈赎罪。

于是他敌视老师，敌视同学，敌视学校。

某日，他又逃学了。

他正茫然地走在远离学校的地方，有两个大人与他对面而过。他们是一男一女，一对新婚夫妻。他们正在度婚假。事实上，他们才二十多岁，是青年。但在小学六年级学生眼里，他们当然是大人了啰！

他听到那男人说："咦，这孩子像是我们学校的一名学生！……"

他听到那女人说："那你还想问问他为什么没上学呀？"

他正欲跑，手腕已被拽住。那男人说："我认得你！"

而他，也认出了对方是自己学校的少先队辅导员老师，姓刘。刘老师在学校里组织起了小记者协会，他曾是小记者协会的一员……

那一时刻，他比任何一次无地自容的时刻，都倍感无地自容。

刘老师向新婚妻子郑重地介绍了他，之后目光温和地注视着他，请求道："我代表我亲爱的妻子，诚意邀请你和我们一起去逛公园。怎么样，肯给老师个面子吗？"

他摇头，挣手，没挣脱。不知怎么一来，居然又点了点头……

在公园里，小学六年级学生的顺从，得到了一支奶油冰棒作为奖品。虽然，刘老师为自己和新婚妻子也各买了一支，但他还是愿意相信受到了奖励。

那一日公园里人很少。那只不过是一处山水公园，没有禽兽，即或有，一个"逃学鬼"也没好心情看。

三人坐在林间长椅上吮奶油冰棒，对面是公园的一面铁栅栏，几乎被爬山虎的藤叶完全覆盖住了。在稠密的鳞片也似的绿叶之间，喇叭花散紫翻红，开得热闹，色彩缤纷乱人眼。

刘老师说，仍记得他是小记者时，写过两篇不错的报道。

他已经很久没听到过称赞的话了，差点儿哭了，低下头去。

待他吃完冰棒，刘老师又说，老师想知道喇叭花在是骨朵的时候，究竟是什么样的，你能替老师去仔细看看吗？

他困惑，然而跑过去了；片刻，跑回来告诉老师，所有的喇叭花骨朵都像被扭了一下，它们必须反着那股劲儿，才能开成花朵。

刘老师笑了，夸他观察得认真。说喇叭花骨朵那种扭着股劲儿的状态，是在开放前自我保护的本能。说花骨朵基本如此。每一朵花，都只能开放一次。为了唯一的一次开放，自我保护是合乎植物生长规律的。说花瓣儿越多的花，骨朵越大，也越硬实。是一瓣包一瓣，一层包一层的结果。所以越大越硬的花骨朵，开放的过程越给人以特别紧张的印象。比如大丽花、牡丹、菊花，都是一天几瓣儿开成花儿的。说若将人比作花，人太幸运了。花儿开好开坏，只能开一次。人这一朵花，一生却可以开放许多次。前一两次开得不好不要紧，只要不放弃开好的愿望，一生怎么也会开好一次的。刘老师说他喜欢的花很多。接着念念有词地背诗句，都和花儿有关。"疏花个个团冰雪，羌笛吹他不下来"——说他喜欢梅花的坚毅；"海棠不惜胭脂色，独立蒙蒙细雨中"——说他喜欢海棠的高洁。刘老师说他也喜欢喇叭花，因为喇叭花是农村里最常见的花，自己便是农民的儿子，家贫，小学没上完就辍学了，是一边放猪一边自学才考上中学的……

一联系到人，他听出，教诲开始了，却没太反感。因为刘老师那样的教诲，他此前从未听到过。

刘老师却没继续教诲下去，话题一转，说星期一，将按他的班主任的要求，到他的班级去讲一讲怎样写好作文的问题……

他小声说，从此以后，自己决定不上学了。

老师问："能不能为老师再上一天学？就算是老师的请求。明天是星期六，你还可以不到学校去。你在家写作文吧，关于喇叭花的。如果家长问你为什么不上学，你就说在家写作文是老师给你的任务……"

他听到刘老师的妻子悄语："你不可以这样……"

他听到刘老师却说："可以。"

老师问他："星期六加星期日，两天内你可以写出一篇作文吗？我星期一第三节课到你们班级去，我希望你第二节课前把作文交给我。老师需要有一篇作文可分析、可点评，你为老师再上一天学，行不？"

老师那么诚恳地请求一名学生，不管怎样的一名学生，都是难以拒绝的啊！

他沉默许久，终于吐出一个勉强听得到的字："行……"

他从没那么认真地写过一篇作文，逐字逐句改了几遍。

当妈妈谴责地问他到点了怎么还不去上学时，他理直气壮地回答："没看到我在写作文吗？老师给我的任务！"

星期一，他鼓足勇气，迈入了学校的门，迈入了教室的门。

他在第一节课前，就将作文交给了刘老师。

他为作文起了个很好的题目——《花儿与少年》。

他在作文中写到了人生中的几次开放——刚诞生，发出第一声啼哭时是开放；咿呀学语时是开放；入小学，成为学生的第一天是开放；每一年顺利升级是开放；获得第一份奖状更是心花怒放的时刻……

他在作文中写道：每一朵花骨朵都是想要开放的，每一名小学生都是有荣誉感的。如果他们竟像开不成花朵的花骨朵，那么，给他一点儿表扬吧！对于他，那等于水分和阳光呀！……

老师读他那一篇作文时，教室里又异乎寻常地肃静……

自然，他后来考上了中学。

再后来，考上了大学。

再再后来，成为某大学的教授，教古典诗词。讲起词语与花，一往情深，如同讲初恋和他的她……

我有幸听过他一堂课，和莘莘学子一样极受感染。

去年，他退休了。

他是我的友人。一个温良宽厚之人。

他那一位刘老师，成为我心目中的马卡连柯。

朋友，你知道曾有一本苏联的小说叫《教育的诗篇》吗？

要求每一位老师都是马卡连柯，那太过理想化了。但，每一位老师的教学生涯中，起码有一次机会可以像马卡连柯那样。那么，起码有一名他的学生，在眼看就要是开不成花朵的花骨朵的情况下，却毕竟开放成花朵了。

即使一个国家解体了，教育的诗性那也会长存，因为人类永远需要那一种诗性……

回首忆年

常想——盼年，也许历来是孩子们的心情或老人们的心情吧？中年人，尤其中年了的男人，小时候那种盼年的心情，究竟是怎样渐渐淡漠了的呢？每每自问而又说不清楚。

写此小文的头一天晚上，呆望挂历出神良久，不禁自言自语："又快过年了。"织毛衣的妻没抬头，仿佛没听到我的话。

"又快过年了！"

"过一年你会年轻一岁？"

"怎么会呢！"

"那你唠叨什么？"

是我妻子的女人仍未抬头，仿佛应答一位除了盼年，再就没什么可盼的老人。几分心不在焉，还有几分对老人心情似的体恤。

其实我自己倒并不怎么盼年。但是却也愿在新年和春节临近的日子里，和家人一块儿聊聊关于过新年过春节的话题。

于是轻轻走到儿子身边，犹犹豫豫地说："儿子，快过年了。"

写作业的儿子也不抬头，也仿佛没听到我的话。"儿子……""爸！你没见我在写作业嘛！……"儿子的头倒是抬起了，然而脸上的表情很烦。"哎，你别打扰儿子行不行？"妻子进行干涉了。"行，行……"

口中诺诺，退回原处坐下，复呆望着挂历出神。

"快过年了！"——这一句话，是自我上初中以后，弟弟妹妹乃至母亲常对我说的。这一句话中包含着对我的提醒，也包含着对我的指望。

于是我开始为家庭尽职——首先要带着镐，到有黄土的地方，刨开冰冻层，刨出些黄土块儿背回家。冻黄土块儿在冬季的凉水里很难化开，要放在锅里熬化。再将积攒起的炉灰，细细地一遍遍筛过，搅拌在锅里。于是可以抹墙了。熬过的灰泥干得快。破屋子的四壁，在一年里又裂了许多缝。不抹上，粉刷了之后更明显。好在我是瓦匠的儿子，干那些活儿很内行。一年里火炕面儿也透烟了，锅台砖也松了，炉膛也该加厚了……所有这些活儿，都需在年前做完。每每要接连干三四天，熬五六锅泥。新年一过，四处寻找白灰。能要到要点儿，要不到买点儿。买不到，就深更半夜从建筑工地上偷点儿。新年一过，便开始刷墙。刷完居室刷厨房。弟弟妹妹帮不上忙，母亲上班，几乎只我一个人忙。从小做什么事总希望尽自己所能做得好些。往往刷三遍。白灰干了以后，还喷花。喷花图案是我自己画在硬纸板上，自己剪刻的。一个星期后，邻居家的叔叔伯伯婶婶大娘到我家串门，没有不"友邦惊诧"的："哇！老梁家，这可真像要过年哪！""老梁家，你们家小二，简直太能了！"……

听到诸如此类的夸赞，母亲总是显得很欣慰，很矜持。我自己心里当然也很受用。实事求是地说，不但在我家那个大院里，即使在我家那条街上，每到春节，我家都是最有温馨祥乐气氛的。尽管我家在那条街上比较穷。我下乡后，如果春节前探家，仍会大忙一通，将个破家的四壁一遍遍刷得白白的……

成了北京的居民以后，我就再没刷过墙。

儿子上初二以后，新年和春节，在我们这个三口之家，似乎可过可不过了。并且，真的似乎过与不过，也没什么区别了。

我呆望着挂历，心里暗想——一九九八年的元旦和春节，我们全家一定要当回事儿地过。人若连过年过春节的心情都淡漠了，那生活还有什么欢乐可言呢？至于怎么过才算当回事儿地过，却没想好……

飘扬起你青春的旗

青春是短暂的。

当我们"分解"任何一个男人或女人的人生时，便尤见青春的短暂了。

从一岁到六岁，人咿呀学语，踉跄学步，处在如小猫小狗的孩提时期。除了最基本的饮食需要，再有一种需要就是爱了，而且，多多益善。孩提时期的人还不懂得爱别人，无论对别人包括对爸爸妈妈表现出多么强烈的"爱"，也只不过是最本能的依恋，所需要的爱也只不过是关怀和呵护。

人生的每一阶段都有着近乎天然的诗性成分。

孩提时期的诗性成分乃是人性的单纯。

一个孩子酣睡在母亲怀里的情形是特别美、特别动人的；他或她被父亲扛在肩头时的笑脸，是最烂漫的。

一个孩子所依恋的首先还不是父母，而是父爱与母爱。如果一个孩子失去了双亲，倘有另一个女人真能像慈母一样爱这孩子，那么不久这孩子在她的怀里也会睡得像在最安全的摇篮中一样踏实；倘有一个男人真能像慈父般爱这孩子，并且也喜欢将这孩子扛在肩头上，那么这孩子脸上也会绽放出同样快乐的笑容。

孩子用本能感受别人对他或她爱的程度。几乎纯粹是本能，不加入任何理性的判断。但孩子的本能也往往是极其细微的。某些孩子很善于从大人的表情、大人的眼里看出爱的真伪。这也几乎是本能，不是后天的经验。

小学时期，人有整整六年可度过。

小学这一人生阶段的诗性体现在人开始懂得爱别人了。"懂得"这个词不太准确，实际上是人心开始生出对别人的爱来。小学生望着他或她所感激的人，目光中往往充满着柔情。小学生的眼睛，无论是男孩的还是女孩的，都是会说话的眼睛。"眼睛是心灵的窗户"——我认为这一点是从小学时期开始的。

初中时期的人已是少男少女了。人生处在花季的第一个节气。这时人生的诗性无须赘言，但这时的人生还不是"青春"。因为这时的人生还缺少青春最本质的特征，那就是生命饱满外溢的活力。

到了高中，人开始形成自己独立的思想了。人心里开始萌生出不同于以往的爱意了。这爱意已不再是对别人给予自己的关怀和呵护的回报了，而体现为主动对异性暗怀其情的爱慕了。也有爱得缠绵难分的情况，但大抵是暗怀其情。此时人生进入了青春期的第一个节气，正如惊蛰的节气之于四月。但高中是通向大学的最后阶段，其实最乏诗意可言。整整三年的埋头苦读，或者考上了大学，或者遗憾落榜。

此时，孩子已经十八九岁了。

考上了大学的，自我补偿式地品咂青春。而一到了大三大四，便又为毕业后的人生去向时时迷惘、惶惑；遗憾落榜时，则难免陷入悲观。

青春有了另外的许多负重感。

如此"分解"起来，看得分明——青春从十八九岁开始，一直到一个人组成家庭的时候结束。

有些人做了丈夫或妻子，心里仍处在六月般美好的青春期。他们青春期的诗性延续到了婚后。他们是幸福的，也是幸运的。但大多数人未必如此幸运。因为做丈夫或妻子的角色责任、角色义务，因为家庭生活的诸般常规内容，制约着人惜别青春，服从角色的要求……

所以许多中年人回眸人生，常喟叹青春短暂。

而这也正是我的人生体会。

我将青春短暂这一个事实告诉青年朋友们，当然不是想使青年朋友们对人生产生沮丧。恰恰相反，青春既然那么短暂，处在青春阶段的人，就应善待青春！珍惜青春！

而我最终想说的是——

人啊，如果你正处在青春时期，无论什么样的挫折，无论什么样的失落，无论什么样的不公平，都不要让它损害或玷污了你的青春！

青春应该经得起失恋……

青春应该经得起一无所有……

青春应该经得起社会对人生的抛掷……

青春应该经得起别人的白眼和轻蔑……

因为，人在生命充盈着饱满外溢的活力的情况之下都经不起的
事，在生命的另外时期就更难经得起了……

读书做人

读书——不，更准确地说，

所谓"读"这一种习惯，

对我已不啻是一种幸福。

这幸福就在日子里，

在每一天的宁静的时光里。

人拥有宁静的时光，这本身便是幸福，

而宁静的时光因阅读会显得尤其美好。

读是一种幸福

　　读书——不，更准确地说，所谓"读"这一种习惯，对我已不啻是一种幸福。这幸福就在日子里，在每一天的宁静的时光里。不消说，人拥有宁静的时光，这本身便是幸福，而宁静的时光因阅读会显得尤其美好。

　　我的宁静之享受，常在临睡前，或在旅途中。每天上床之后，枕旁无书，我便睡不着，肯定失眠。外出远足，什么都可能忘带，但书是不会忘带的。

　　书是一个囊括一切的大概念。我最经常看的是人物传记、散文、随笔、杂文、文言小说之类。《读书》《随笔》《读者》《人物》《世界博览》《奥秘》都是我喜欢的刊物，是我的人生之友。前不久，友人开始寄给我《世界警察》，看了几期，也喜爱起来。还有就是目前各大报的"星期刊""周末版"或副刊。

　　要了解我所生活的城市，大而至于我们这个国家，我们这个地球，每天正发生着什么事，将要发生什么事，仅凭晚上看电视里的

"新闻"，自然是远远不够的。

"秀才不出门，便知天下事"，是所谓"秀才"聊以自慰自夸的话。或者是别人们对"秀才"们的揶揄。不过在现代社会里，传播媒介如此之丰富，如此之发达，对于当代人来说，不出门而大致地知道一些"天下事"，也是做得到的。

知道了又怎样？

知道了会丰富我对世界的认识。而这种认识，于我——一个以写作为职业的人来说，则是相当重要的。

妄谈对世界的认识，似乎口气太大了，那么就说对周遭生活的认识吧。正是通过阅读，我感觉到周遭生活之波有时汹涌澎湃，有时潜流涡旋，有时微波涌荡……

当然，这只是阅读带给我的一方面的兴致。另一方面，通过阅读，我认识了许许多多的人。仿佛每天都有新朋友。我敬爱他们，甘愿以他们为人生的榜样。

同时也仿佛看清了许多"敌人"，人类的一切公敌——从人类自身派生出来的到自然环境中对人类起恶影响的事物，我都视为敌人。

这一点使我经常感到，爱憎分明于一个人是多么重要的品质。

创作之余，笔滞之时，我会认真地读一会儿文学期刊。若读的正是一篇佳作，便会一口气读完。不管作者认识与否，都会产生读了一篇佳作的满足感。

倘是作家朋友们写的，是生活在同一座城市的人，又常忍不住拨电话，将自己读后的满足，传达给对方。这与其说是分享对方的喜悦，莫如说是希望对方分享我的喜悦。倘作者是外地的，还常会忍不住给人家写一封信去。

读，实在是一种幸福。

最后我想说，与我的中学时代相比，现在的中学生，似乎太被学业所压迫了。我的中学时代，是苦于无书可读。买书是买不起，尽管那时书价比现在便宜得多。几个同学凑了七八分钱，到从书铺去看小人书，就是永远值得回忆的往事了。

现在的中学生们，可看的太多了，却又陷入选择的迷惘，并且失去了本该拥有的时间。生活也真是太苛刻了。

写作与语文

　　每自思忖，我之沉湎于读和写，并且渐成常习，经年又年，进而茧缚于在别人们看来单调又呆板的生活方式，主观的、客观的原因自然是多方面的。

　　世上有懒得改变生活方式的人。我即此族同类。

　　但，我更想说的是，按下原因种种不提——我之爱读爱写，实在也是由于爱语文啊！

　　我是从小学三年级起开始偏科于语文的。在算术和语文之间，我认为，对于普通的小学三年级生，本是不太会有截然相反的态度的。普通的小学三年级生更爱上语文课，也许只不过因为算术课堂上没有集体朗读的机会。而无论男孩儿、女孩儿，聚精会神背手端坐一上午或一下午，心理上是很巴望可以大声地集体朗读的机会的。那无疑是对精神疲惫的缓解。倘还有原因，那么大约便是——算术仅以对错为标准，语文的标准还联系着初级美学。每一个汉字的书写过程，其实都是一次结构美学的经验过程。而好的造句则尤其如此了……

记得非常清楚，小学三年级上学期的语文课本中，有一篇《山羊和狼》：山羊妈妈出门打草，临行前叮嘱三只小山羊，千万提防着被大灰狼骗开了门，妈妈敲门时会唱如下一支歌：

小山羊儿乖乖，

把门儿开开，

妈妈回来，

妈妈来喂奶……

那是我上学后将要学的第一篇有一个完整故事的课文。它是那么吸引我，以至于我手捧新课本，蹲在教室门外看得入神。语文老师经过，她好奇地问我看的什么书，见是语文课本，眯起眼注视了我几秒，什么也没再说，若有所思地走了……

几天后，她讲那一篇课文。"我们先请一名同学将新课文的内容叙述给大家听！"——接着，她把我叫了起来。教室里一片肃静。同学们皆困惑，不知所以然。我毫无心理准备，一时懵懂，但很快就镇定了下来。普通的孩子对吸引过自己的事物，无论那是什么，都会显示出令大人们惊讶的记忆力。我几乎将课文一字不差地背了下来……同学们对我刮目相看了。那一堂语文课对我意义重大。以后我的语文成绩一直不错，我也更爱上语文课了。我认为，大人们——家长也罢，托儿所的阿姨也罢，小学或中学教师也罢，在孩子们成长的过程中，若善于发现其爱好，并以适当的方式提供良好的机会，使之得以较充分的表现，乃是必要的。一幅画，一次手工，一条好的造句，一篇作文，头脑中产生的一种想象，一经受到勉励，很可能促使人与文学、与艺术、与科学系成终生之结。

我对语文的偏好一直保持到初中毕业。当年我的人生理想是考哈尔滨师范学校，将来当一名小学语文老师。我的中学老师们和同学们几乎都知道我当年这一理想。"文革"斩断了我对语文的偏爱。于是习写成了我爱语文的继续。获全国小说奖以后，我曾不无得意地作如是想——那么现在，就语文而言，我再也不必因自己实际上只读到初中三年级而自叹浅薄了！在我写作的前十余年，始终有这一种得意心理。直至近年才意识到我想错了。语文学识的有限，每直接影响我写作的质量。

"运交华盖欲何求，未敢翻身已碰头。"

我初三的语文课本中没有鲁迅那一首诗。当然也没谁向我讲解过，"华盖运"是噩运而非幸运。二十余年间，我一直望文生义地这么以为——"罩在华丽帷盖下的命运"。也曾疑惑，运既达，"未敢翻身已碰头"句，又该作何解呢？却并不要求自己认认真真查资料，或向人请教，讨个明白。不明白也就罢了，还要写入书中，以其昏昏，使人昏昏。

读《雪桥诗话》，有“历下人家十万户，秋来都在雁声中”句，便又想当然地望文生义，自以为是凭高远眺，十万人家历历在目之境。但心中委实地常犯嘀咕，总觉得历历在目是不可以缩写为“历下”二字的。所幸同事中有毕业于北师大者，某日有兴，朗朗而诵，其后将心中困惑托出，虔诚就教。答曰“历下”乃指山东济南。幸而未引入写作中，令读者大跌眼镜……

儿子高二语文期中考试前，曾问我“身无彩凤双飞翼，心有灵犀一点通”句，出自何代诗人诗中？我肯定地回答：“宋代翰林学士宋子京的《鹧鸪天》。”儿子半信半疑：“爸你可别搞错了误导我呀！”我受辱似的说：“呔，什么话！就将你爸看得那么学识浅薄？”于是卖弄地向儿子讲“蓬山不远”的文人情爱逸事：子京某日经繁台街，忽然迎面来了几辆宫中车子，闻一香车内有女子娇呼：“小宋！”——归后心怅怅然，作《鹧鸪天》云：画毂雕鞍狭路逢，一声肠断绣帘中。身无彩凤双飞翼，心有灵犀一点通……

儿子始深信不疑。语文卷上果有此题，结果儿子丢了五分。我不禁嘿嘿然，双手出汗。若是高考，五分之差，有可能改写了儿子的人生啊！众所周知，那当然是李商隐的诗句。子京《鹧鸪天》，不过引前人诗句耳。

某日我在办公室中，有同事笑问近来心情，戏言曰：“悲欣交集。”两位同事，一毕业于师大；一先毕业于师大，后为电影学院研究生。听后连呼：“高深了！高深了！”……一时又不禁地疑惑，料想其中必有我不明所以的知识，遂究根问底。他们反问："真不知道？"我说："真的啊！别忘了，我委实是不能和你们相比的呀，我才只有初三的语文程度啊！"于是告我——乃弘一法师圆寂前的一句话。

我至今也不知"华盖运"何以是噩运。

至今也不知"历下"何以是济南。

所谓知其一，不知其二。虽也遍查书典，却终无所获。某日在北京电视台前遇老歌词作家，忍不住虚心就教，竟将前辈也问住了……

几年前，我还将"莘莘学子"望文生义地读作"辛辛"学子。有次在大学里座谈，有"辛辛"之学子递上条子来纠正我。条子上还这么写着——正确的发音是 shēn，请当众读三遍。

我当众读了六遍。自觉自愿地多用拼音法读了三遍，从此不复读错。

在相当长的时期，我仅知"耄耋"二字何意，却怎么也记不住发音。有时就这么想——唉，汉字也太多了，眼熟，不影响用就行了吧！

某次在中国妇女出版社一位编辑的陪同之下出差，机上忍不住请教之。但毕竟记忆力不像小学三年级时了，过耳即忘。空中两小时，所问四五次。发音是记住了，然不明白为什么汉字非用这一词形容八九十岁的老人？是源于汉字的象形呢，还是成词于汉字结构的组意？

三十五六岁后才从诗词中读到"稼穑"一词。

我爱读诗词，除了觉得比自言自语让人看着好些，还有一非常功利之目的——多识生字。没人教我这个只有初三语文程度的作家再学语文了，只有自勉自学了。

一个只有初三语文程度的人，能识多少汉字？不过三千多吧？从前以为，凭了所识三千多汉字，当作家已绰绰有余了吧。不是已当了不少年的作家，写了几百万字的小说了嘛！

如今则再也不敢这么以为了。三千多汉字，比经过扫盲的人识的字多不到哪儿去呀。所读书渐多，生词陌字也便时时入眼，简直就不敢不自知浅薄。

望文生义，最是小学生学语文的毛病。因为小学生尚识字不多，见了一半认得一半不认得的字，每蒙着读，猜着理解。这在小学生不失为可爱，毕竟体现着一种学的主动。大抵地，那些字老师以后还会教到，便几乎肯定有纠正错谬的机会。但到了中学高中，倘还有此毛病，则也许渐成习惯。一旦成为习惯，克服起来就不怎么容易了。并且，会有一种特别不正常的自信，仿佛老师竟那么教过，自己也曾那么学过，遂将错谬在头脑之中误认为正确。倘周围有认真之人，自也有机会被纠正；倘并非如此幸运，那么则也许将错谬当正确，错上几年、十几年，乃至二十几年矣……

"悖论"的"悖"字，我读为"勃"音，大约有三年之久。我中学时当然没学过这个字。而且，我觉得，"悖论"一词，似乎是在

"文革"结束以后，八十年代初，才在中国的报刊和中国人的话语中渐被频繁"启用"。也许是因为，中国人终于敢公开地论说悖谬现象了。我是偶尔从北京教育电视台的高中语文辅导节目中知道了"悖"字的正确发音的。

某日，我问一位在大学做中文系教授的朋友：我常将"悖论"说成"勃论"，他是否听到过？他回答：在几次座谈会上听到我发言时那么说。又问：何以不纠正？回答：认为你在冷幽默，故意那么说的。再问：别人也像你这么认为的？回答：想必是的吧？要不怎么别人也没纠正过你呢？你一向板着脸发言，谁知你是真错还是假错？

我不仅在语文基础知识方面浅薄到这种地步，在历史常识方面同样地浅薄。记不得在我自己的哪一篇文章中了，我谈到哥白尼坚持"日心说"被宗教势力处以火刑……有读者来信纠正我——被处以火刑的非哥白尼，而是布鲁诺……我不信自己在这一点上居然会错，偷偷翻儿子的历史课本。

我对中国历史上王朝更替，皇室权谋，今天你篡位，明天我登基的事件，一点儿也不能产生中国许多男人产生的那种大兴趣。一个时期电视里的清代影视多得使我厌烦，屏幕上一出现黄袍马褂，我就脑仁儿疼。但是为了搞清那些令我腻歪的皇老子皇儿皇孙们的关系，我每不惜时间陪母亲看几集，并向母亲请教。老人家倒是能如数家珍，一一道来。中国的王朝历史真真可恨之极，它使那么多一代又一代的中国人，包括我母亲这样的"职业家庭妇女"，直接地将"历史"二字就简单地理解为皇族家史了……

一个实际上只有初中三年级文化程度的男人成了作家，就一个男人的人生而言，算是幸事；就作家的职业素质而言，则是不幸吧，起码，是遗憾吧……写作的过程迫使我不能离开书，要求我不断地读、读、读……读的过程使我得以延续初中三年级以后的语文学习……我是一个大龄语文自修生。

心灵的花园

　　谁不希望拥有一个小小花园？哪怕是一丈之地呢！若有，当代人定会以木栅围起。那木栅，我想也定会以个人的条件和意愿，摆弄得尽可能美观。然后在春季撒下花种，或者移栽花秧。于是，企盼着自己喜爱的花儿，日日地生长、吐蕾，在夏季里姹紫嫣红开成一片。虽在秋季里凋零却并不忧伤。仔细收下了花籽儿，待来年再种，相信花儿能开得更美……

　　真的，谁不曾怀有过这样的梦想呢？

　　都市寸土千金，地价炒得越来越高。拥有一个小小花园的希望，对寻常之辈不啻是一种奢望，一种梦想。某些副部级以上的干部，而且是老资格的，才有可能把希望变成现实。于是令寻常之人羡眼乜斜。

　　我想，其实谁都有一个小小花园，谁都是有苗圃之地的，这便是我们的内心世界。人的智力需要开发，人的内心世界也是需要开发的。人和动物的区别，除了众所周知的诸多方面，恐怕还在于人有内心世界。心不过是人的一个重要脏器，而内心世界是一种景观，它是由外部世界不断地作用于内心渐渐形成的。每个人都无比关注自己及至亲至爱之人心脏的健损，以至于稍有微疾便惶惶不可终日。但并非每个人都关注自己及至亲至爱之人的内心世界的阴晴，己所无视，遑论他人？

我常"侍弄"我心灵的苗圃。身已不健，心倘尤秽，又岂能活得好些？职业的缘故，使我惯对自己和他人的心灵予以研究。结论是——心灵，亦即我所言内心世界，是与人的身体健康同样重要的。故保健专家和学者们开口必言的一句话，不仅仅是"身体健康"，而且是"身心健康"。

我爱我的儿子梁爽。他读小学，这正是一个人的内心世界开始形成的年龄。我也常教他学会如何"侍弄"他那小小心灵的苗圃。"侍弄"这个词，用在此处是很勉强的，不那么贴切，姑且借用之吧！意思无非是——人自己的内心世界如果自己惰于拂拭，是会浮尘厚积、杂草丛生的。也许有人联系到禅家的一桩"公案"——"时时勤拂拭，莫使惹尘埃"之说的"俗"和"心中无一物，何处惹尘埃"之说的"彻悟"。

我系俗人，仅能以俗人的观念和方式教子。至于禅家乃至禅祖们的某些玄言，我一向是抱大不恭的轻慢态度的。认为除了诡辩技巧的机智，没什么真的"深奥"。现代人中，我不曾结识过一个内心完全"虚空"的。满口"虚空"，实际上内心物欲充盈、名利不忘的，倒是大有人在。何况我又不想让我的儿子将来出家，做什么云游高僧。故我对儿子首先的教诲是——人的内心世界，或言人的心灵，大概是最容易招惹尘埃、沾染污垢的，"时时勤拂拭"也无济于事。心灵的清洁卫生只能是相对的，好比人的居处的清洁卫生只能是相对的。而根本不拂拭，甚至不高兴别人指出尘埃和污垢，则是大不可取的态度，好比病人讳疾忌医。

一次儿子放学回到家里，进屋就说："爸爸，今天同学的红领巾被老师收去了！"

我问为什么。

儿子回答："犯错误了呗！把老师气坏了！"那同学是他好朋友，但却有些日子不到家里来玩儿了。我依稀记得他讲过，似乎老师要在他们两者之间选拔一名班干部。

我又问："你高兴？"

他怔怔地瞪着我。

我将他召至跟前，推心置腹地问："跟爸爸说实话，你是不是因此而高兴？"

他便诚实地回答："有点儿。"

我说："你学过一个词，叫'幸灾乐祸'，你能正确解释这个词吗？"

他说："别人遭到灾祸时自己心里高兴。"

我说："对。当然，红领巾被老师收去了，还算不得什么灾。但是，你心里已有了这种'幸灾乐祸'的根苗，那么你哪一天听说他生病了、住院了，甚至生命有危险了，说不定你内心里也会暗暗地高兴。"

儿子的目光告诉我，他不相信自己会那样。

我又说："为什么他的红领巾被老师收去了，你会高兴呢？让爸爸替你分析分析，你想一想对不对？——如果你们老师并不打算在你们两个之间选拔一名班干部，你倒未必幸灾乐祸。如果你心里清楚，老师最终选拔的肯定是你，你也未必幸灾乐祸。你之所以幸灾乐祸，是因为自己感到，他和你被选拔的可能性是相等的，甚至他被选拔的可能性更大些。于是你才因为他犯了错误，惹老师生气了而高兴。你觉得，这么一来，他被选拔的可能性缩小，你自己被选拔的可能性就增大了。你内心里这一种幸灾乐祸的想法，完全是由嫉妒产生的。你看，嫉妒心理多丑恶呀，它竟使人对朋友也幸灾乐祸！"

儿子低下了头。

我接着说："如果他并没犯错误，而老师最终选拔他当了班干部，你现在幸灾乐祸，就可能变成一种内心里的愤恨了。那就叫嫉妒的愤恨。人心里一旦怀有这一种嫉妒的愤恨，就会进一步干出不计后果、危害别人、危害社会的事，最后就只有自食恶果。一切怀有嫉妒的愤恨的人，最终只有那样一个下场……"

接着我给他讲了两件事——有两个女孩儿，她们原本是好朋友，又都是从小学芭蕾的。一次，老师要从她们两人中间选一个主角。其中一个认为肯定是自己，应该是自己，可老师偏偏选了另一个。于是，她就在演出的头一天晚上将她好朋友的舞裙剪成了一片片。另外有两个女孩儿，是一对小杂技演员。一个是"尖子"，也就是被托举起来的。另一个是"底座"，也就是将对方托举起来的。她们的演出几乎场场获得热烈的掌声。可那个"底座"不知为什么，内心里怀上了嫉妒，总是莫名其妙地觉得，掌声是为"尖子"一个人鼓的。她觉得不公平。日复一日，那一种暗暗的嫉妒就变成了嫉妒的愤恨。她总是盼望着她的"尖子"出点儿什么不幸才好。终于有一天，她故意失手，制造了一场不幸，使她的"尖子"在演出时当场摔成重伤……

最后我对儿子讲，如果那两个因嫉妒而干伤害别人之事的女孩儿，不是小孩儿是大人，那么她们的行为就是犯罪行为了……

儿子问："大人也嫉妒吗？"

我说大人尤其嫉妒，一旦嫉妒起来尤其厉害，甚至会因嫉妒杀人放火干种种坏事。也有因嫉妒太久，又没机会对被嫉妒的人下手而自杀的……

我说，凡那样的大人，皆因从小的时候开始，就让嫉妒这颗种子，在心灵里深深扎了根。他们的内心世界，不是花园，不是苗圃，而是荆棘密布的乱石岗……

儿子问："爸爸你也嫉妒过吗？"

我说我当然也嫉妒过，直到现在还时常嫉妒比自己幸运比自己优越比自己强的人。我说人嫉妒人是没有办法的事。从伟大的人到普通的人，都有嫉妒之心。没产生过嫉妒心的人是根本没有的。

儿子问："那怎么办呢？"

我说，第一，要明白嫉妒是丑恶的，是邪恶的。嫉妒和羡慕还不一样。羡慕一般不产生危害性，而嫉妒是对他人和社会具有危害性和危险性的。第二，要明白，不可能一切所谓好事，好的机会，都会理所当然地降临在你自己头上。当降临在别人头上时，你应对自己说，我的机会和幸运可能在下一次。而且，有些事情并不重要。比如对于一个小学生来说，当上当不上班干部，并不说明什么。好好学习，才是首要的……

儿子虽然只有十几岁，但我经常同他谈心灵。不是什么谈心，而是谈心灵问题。谈嫉妒、谈仇恨、谈自卑、谈虚荣、谈善良、谈友情、谈正直、谈宽容……

不要以为那都是些大人们的话题。十几岁的孩子能懂这些方面的道理了。该懂了。而且，从我儿子，我认为，他们也很希望懂。我认为，这一切和人的内心世界有关的现象，将来也必和一个人的幸福与否有关。我愿我的儿子将来幸福，所以我提前告诉他这些……

邻居们都很喜欢我的儿子，认为他是个"懂事"的好孩子。同学们跟他也都很友好，觉得和他在一起高兴，愉快。

我因此而高兴，而愉快。

我知道，一个心灵的小花园，"侍弄"得开始美好起来了……

窃　秋

　　窃其实就是偷的意思。老百姓说同一行径是偷，而文人雅士说成是窃。溜门撬锁谓之盗，探囊取物于他人的衣袋儿谓之扒，这些事在文人雅士们做了则谓之为窃。比如偷了别人的文章或构思，我们说是"剽窃"。我常想这乃是我们的小小的狡猾，为了被指斥的时候以一个"窃"字企图强调与偷的行为有所区别……

　　我家近处有公园。每年秋至，菊花便展眼地盛开了。我养过花，总也养不活。又很爱花，这就是一个矛盾。看了别人家花养得好，我羡慕。看了满公园的花盛开着，我常产生占为己有的强烈冲动。有了矛盾就得想办法解决。不解决矛盾便总是矛盾着。想来想去，那解决纠缠着我的矛盾的办法似乎只有一个，便是"窃"。这也可以说别无选择。

　　白天我到公园去散步。去散步与别的散步者有不同之目的。或曰"心怀鬼胎"也未尝不可。流连忘返之间，我早已记住哪一处的哪几株花更值得一窃。挨到晚上——自然是很晚的时候，十点钟以前，纳秋凉的人还是不少的——我便揣把小剪刀前往。有时我怂恿儿子和我一块儿去"散步",可是儿子知道我去干什么,也知道他去了充当的会是什么角色,坚决地摇头。揣把小剪刀的同时我总不忘揣一记者证什么的。万一被管理花园的或专爱管闲事的人逮住,记者证什么的便于搪塞过关或者乞讨下不为例的面子……

总是绕着我白天记住的地方先缓缓走一遭,细心观察附近有无人影。如果有单个的人影我便不敢贸然,因为无法判定他或她是干什么的,也许正是个管理公园的或专爱管闲事的。如果是成双成对的我便没了顾忌,因为我知道他们不论是什么人和正在干什么,即使是平常专爱管闲事的,也肯定分不出心思来干涉我。于是行动极其敏捷,一两分钟内已剪下离开……

当然也有空着手回到家里的时候,我便会觉得极其的沮丧和气恼,诅咒些使我目的不遂的那个人很恶毒的话……

刮风下雨天我是一定要出去"散步"的。每次收获颇丰。我所窃的是些欲开未开的花,插于瓶中,置于案旁,看着觉得太美了。欣赏的满足混杂着占有的喜悦。花们日日地渐开,我觉得我值得……

几场秋风秋雨后,公园里的花一片凋零。我盼秋风秋雨。那能为我创造较充分的条件,即使在大白天也可以公然地干我想干的事。

后来公园里的花再也没什么看头了。还能开几日看几日的,都插在我家的花瓶里。最多的时候这儿一瓶那儿一瓶,处处都摆了好多瓶。于是我每天去散步,也就只不过是散步了。望着满目凋零景象萧条的残秋，我心里不免暗暗自得——因为当别人再也没有什么开着的花儿欣赏的时候，我的欣赏需求仍得到着满足。与别人相比，那一种满足心理似乎更大……

有一天我忽然面对眼前开得很宁静的花想——原来我内心里自私、贪婪、占有的欲望是多么强烈。幸而我不过是一个写小说的，内心欲望的直径充其量不过仅限于文坛。而且还能常常地自审着、自省着、自抑着。否则，延至官场、延至赌场、延至情场、延至商界、延至政界、延至一切更易激发人占有欲望的、更易使人心污染的名利场，我这个人又会是怎样的一个人呢？我所贪婪而窃的又会是什么呢？我又将采取些什么样的狡猾的手段呢？

插在一个个瓶子里的花，仿佛一面面镜子，我从中照见了我的内心世界，我竟一时悚然。竟有点儿自己被自己吓住了……

赏悦你的花季

没有学生时代的人生是遗憾的、缺失的人生。而中学时代，是人生花季的第一个节气。在这个节气里的男孩儿和女孩儿，如柳丝之乍绿；如花蕾之欲开；如蚌壳里的沙刚刚包裹上珠衣；如才淌到离泉眼不远的地方，却没形成溪流的山水；如火烧云，即使天上无风，也能不时变幻出美丽的想象……

小学是六年。从初一到高三，也是六年。然而与小学相比，中学的后六年，是质量多么不同的六年啊！男孩儿和女孩儿，朦朦胧胧地觉得，自己在某些方面像是大人了。"让我来吧，妈妈！"——当男孩儿的力气使自己的母亲惊讶时，他心里是多么的自得啊。

"爸爸，这件事我能理解。"——当女孩儿如是说，或者并不说，仅用眼睛表达她那份儿明白时，实际上她觉得，她仿佛已经能反过来安慰大人了。

而往往也确实如此。父母一经从是中学生的儿女那里获得体恤，眼睛是会感动得发湿的。"女儿，你懂事了……""儿子，你快成大人了……"小学生不太能听到父母对他们这么说。中学时代的男孩儿和女孩儿，对从父母眼里、心里、话里流露出来的期望，也由此变得相当敏感了。父母的期望，教师的期望，学业的压力，每每使处在中学时代这个节气里的男孩儿和女孩儿，不禁地多了几许成长的烦恼。中学生一烦恼，是连上帝都会因而忧郁的，如果上帝存在的话……

没有这些烦恼多好呢？

但又哪儿有没有阴天的整个花季呢？

我觉得，中学生应该善于悦赏自己的节气。那些烦恼，那些困惑和迷惘，不也是自己这一节气的特征吗？知道米兰·昆德拉的那一本书吗？——《生命不能承受之轻》。没有责任的人生，其实也是认识不清自我存在价值的人生，当然也是并无多大意思的人生。

中学时代的男孩儿和女孩儿，之所以与小学生不同，正在于他或她从自己所感到的那些烦恼、困惑、迷惘之中，渐悟着自己是中学生的那一份责任。它不必一定是优异的学习成绩，但它一定得有发奋的能动性。

如果连这一点都觉得是强加的，那么就将花季理解得未免太懈怠了。在花季里，百花争妍，那也是花儿们向大自然证明着的一种自觉愿望啊！

中学时代，一切都应该变得有自觉性了。在这种自觉性的前提下，男孩儿和女孩儿请赏悦自己花季的第一个节气吧，包括这个节气里的霜和雨……

人世间

自尊，自强，自立——于老百姓而言，

不就是得像朱师傅一家一样吗？

十分难得的是，

他们还有那么一种仿佛任什么都腐蚀不了的乐观！

这乐观可贵呀！

怀念赵大爷

"赵大爷不在了……"

妻下班一进家门，戚戚地说。

我不禁一怔："调走了？还是不干了？"

"去世了……"

我愕然。顿时想到了宿舍区传达室门外贴的那张讣告——赵德喜同志因病医治无效，于四月十四日晚去世，终年六十岁。行文简短得不能再简短……

那天，我看见了讣告。可我怎么也没想到赵德喜是赵大爷，此前我不知他的名字。当时我驻足讣告前，心想赵德喜是谁呢？我怎么不认识呢？

我许久说不出话，一阵悲伤袭上心头。

以后的几天里，我的心情总是好不起来……

赵大爷是我们儿童电影制片厂的勤杂工，也是长期临时工，一个一辈子没结过婚的单身汉，一个一辈子没有过家的人，只在农村有一个弟弟……

一九八八年年底，我刚调到童影，接到女作家严亭亭的信，信中嘱我一定替她问赵大爷好。她在童影修改过剧本，赵大爷给她留下了非常善良的印象。

童影的人不分男女老少，都称他赵大爷。我自然也一向称他赵大爷。那时我的父亲还在世。有次我和他打招呼，他挺郑重地对我说："可不兴这么叫了，你老父亲比我大二十来岁，在老人家面前我算晚辈呢！"我说："那我该怎么称你啊？"他说："就叫我老赵吧！"我说："那你以后也不许叫我梁老师了。"他说："那我又该怎么称你啊？"我说："叫我小梁吧。"

过后他仍称我"梁老师"，而我仍称他"赵大爷"。

儿子有次写作文，题目是《我最尊敬的一个人》。

儿子问我："爸，谁值得我尊敬啊？"

我说："怎么能没有值得你尊敬的人呢？你好好想！"儿子想了半天，终于说："赵大爷！"我问为什么。儿子说，赵大爷对工作最认真负责了，一年四季，每天早早起来，把咱们周围的环境打扫得干干净净。每年开春，赵大爷总给院里院外的月季花修枝、浇水。每年元旦、春节，人们晚上只管放鞭炮开心，而第二天一清早，赵大爷一个人默默地扫尽遍地纸屑。赵大爷总在为我们干活儿……

儿子那篇作文得了优。记得我曾想将儿子的作文给赵大爷看。为的是使他获得一份小小的愉悦，使他知道，一位像他那样默默地为大家尽职尽责服务的人，人们心里是会感激他的。起码，一个孩子在父亲的启发下，明白了他便是一个值得尊敬的人。可是后来我没有这么做，不是想法改变了，而是忘了。现在我好悔，赵大爷是该得到那样一份小小的愉悦的，在他生前。

赵大爷无疑是穷人中的一个。五年多以来，我从未见他穿过一件哪怕稍微新一点儿的衣服。我给过他一些衣服，棉的、单的、毛的，却不曾见他穿。想必是自己舍不得穿，捎回农村去了吧？他不但负责清除宿舍楼七个门洞的垃圾，还要负责清除厂里的垃圾。他干的活儿不少，并且是要天天干的。哪一天不干，宿舍区和厂区的环境都会大不一样。据我所知，他每月只拿一百五十元。在今天，每月只拿一百五十元，干他天天必干的那种脏活儿，而且干得认真负责、任劳任怨的人，恐怕是太难找了！

干完他应该干的活儿，他还经常帮人修自行车。他极愿帮助别人。据我所知，他大概是个完全没有文化的人。然而在我看来，他又是一个极其文明的人，一个极其文明的穷人。我从未见他跟谁吵过架，甚至从未见他和谁大声嚷嚷过。一些所谓有知识有文化的文明人，包括我这样的，心里稍不平衡，则脏话冲口而出。我却从未听到赵大爷口中吐出一个脏字。我完全相信，在别人高消费的比照下，穷是足以使人心灵晦暗的。然而在我看来，赵大爷的心灵是极其明澈的，似乎从没滋生过什么嫉仇或妒憎。他日复一日默默干他那份儿活儿，月复一月挣他那一百五十元钱。从不窥测别人的生活，从不议论别人的日子。他从垃圾里捡出瓶子、罐头盒、纸箱、破鞋之类，积聚多了就卖，所得是他唯一的额外收入。

这使我养成了习惯，旧报废书，替他积聚。就在他去世前一天，我心里还想，又够卖点儿钱了，该拎给赵大爷了……

每逢年节，我都想着他，送包月饼、一盘饺子、一条鱼、一些水果什么的……

赵大爷，我心里是很尊敬你的啊！你穷，可是你善；你没文化，可是你文明；你虽与任何名利无缘，可是你那么敬业，敬业于扫院子，清除垃圾那一份脏活儿。

你就那么默默地走了，使我直觉得欠下了你许多似的……

好人赵大爷，穷人赵大爷，文明而善良的穷人赵大爷，干脏活儿而内心干净的赵大爷，穿破旧的衣服而受我及一家人敬爱的赵大爷，我们一家和在传达室每日与你相处的老阿姨，将长久长久地缅怀你！

朱师傅一家

　　赵大爷死后，朱师傅来了。接替赵大爷，成为我们儿童电影制片厂宿舍楼的管理员。职责和赵大爷一样，负责环境卫生及安全。

　　朱师傅可能比我年龄小七八岁，安徽农民。自然，他住在赵大爷住过的小小门房里。门房约十平方米，隔为两间。外间是收发和传达，朱师傅住里间。小小门房一分为二，里间摆一张单人床和一张窄桌外，也就没什么余地了。

　　收发和传达另有人负责，地方也特别小，所以朱师傅的起居，客观上就限定在里间了。

　　别人都叫他朱师傅，或叫他老朱。他年龄明明比我小，我叫他老朱自觉不合适，故也随年轻人们叫他朱师傅。他则随年轻人们叫我"梁老师"。

　　有次我说："朱师傅，别叫我梁老师，叫我老梁。"

　　他愣了愣，却说："那哪儿成呢？那么多人都叫你梁老师，我怎么能叫你老梁呢？"

我说："那就叫我晓声。不是也有那么多人叫我晓声吗？"

他说："他们是你朋友啊！"

我说："那你也当我是朋友嘛。"

他说："行，梁老师，以后我就当你是朋友！"

直到现在，他仍叫我"梁老师"——虽然，我这方面觉得，他已经拿我当朋友了。看来"梁老师"他是叫定了，没法儿要求他改了。

和赵大爷一样，朱师傅也是极有责任心的人。我们宿舍楼周围的环境卫生一直挺好，人们都是比较满意的。这受益于朱师傅的责任心和勤劳。

记不得从哪一年起，朱师傅的女儿朱霞来了。朱霞已经是大姑娘了，二十一二岁了，但看去仍像少女。自幼患了小儿麻痹，一只手有些残疾。人们都很喜欢朱霞，我也喜欢她。她是个有礼貌又懂事的姑娘。人们也都很惋惜她的病，都希望她的病能在北京治好。

不久朱师傅的妻子和儿子也一道来了。他妻子是位质朴的农村妇女。她随朱师傅叫我"梁老师"，而我称她"嫂子"，这在辈分上是颠倒的。其实我应叫她"弟妹"。但我不习惯那么叫她。而她呢，既然我称她"嫂子"，她似乎也就只有姑妄听之了。

朱师傅的儿子比朱霞小两岁，叫朱凡。朱凡是个清秀且聪明的农村小青年，比少年大不点儿那类青年。

朱师傅常替人们修自行车。朱凡从旁看了几次，会修了。遇有谁家的自行车坏了，推到门房外，请朱师傅修，倘若朱师傅没时间亲自修，便将"任务"交代给朱凡，往往还要严肃地叮嘱："要认真修啊，不许对付！"

我曾对朱师傅说："朱师傅，别不好意思，要收钱。"

朱师傅笑着说："那哪儿行呢？那成什么事儿了呢？"

我也曾对朱凡说："你爸不好意思收钱，你有什么不好意思的？你要收！"

朱凡也和他父亲那么憨厚地笑，不吱声儿。

"朱霞，你收！"

朱霞也笑。

"嫂子，他们都不好意思，你出面收！在这一点上不必学雷锋，不必搞无偿服务！"

她同样憨厚地笑。

我也曾暗中对某些关系亲密者打招呼——"咱们都不要让人家朱师傅白修车啊！"

人们都说对。

其实街口就有修自行车的。但那修自行车的天一黑就收摊了。住在楼里的大人们或学生们，往往晚上了才想起自行车有毛病，怕影响第二天上班上学，于是只有求助于朱师傅。而朱师傅从来有求必应。即使自己没空儿，也是先应下来，让儿子修。尤其冬季的晚上，不能把自行车搬屋里修，只能将电灯拉到外边，冻手冻脚地修……

这不给几元钱真是让人过意不去。

但据我所知，他们是从来不收钱的。非塞钱给他们，反而会搞得他们非常窘。

我妻子的自行车，我儿子的自行车，他们也不知贪黑给修过多少次了。

我们也只能送些东西，变相地表示感谢。

朱霞曾在北京住院治过病，厂里为此发起了募捐，或多或少，是一份心，总之几乎都捐了，捐的都很情愿。证明人们对朱师傅和他的一家都是很友善的。也证明朱师傅和他的一家，给人们的印象是非常良好的。

原本仅容得下一张床的传达室里间，四口之家是显然地、绝对地没法儿同住的。但这世上在一些人看来是显然的、绝对的事，在另外一些被逼到被推到那事前的人们，往往也就不那么显然、不那么绝对了。正所谓事是死的，人是活的；生存空间是小的，人生活的心气儿却可以大一些。朱师傅捡了一张破木床，修修，将两张木床摞起来了，成了双层的床。又捡了一块板，晚上临睡前将下床接出一条。就这样，显然而又绝对解决不了的困难，似乎也就得到了一定程度的解决。朱霞和母亲每晚睡下床，睡得多么挤是可想而知的。朱凡睡上床。而朱师傅自己，则每晚在厂里到处找地方借宿。好在厂里有些供值班人员睡的床，一般情况下他借宿不会遭到拒绝。

现在，这一家四口的生活，主要靠朱师傅一人的微薄收入维持着。

但我从未见朱师傅愁眉苦脸过。

朱师傅另外还有没有收入呢？

有是有的——四处捡些废品卖。

他清除七个垃圾通道时，常将易拉罐儿、塑料瓶眼细地挑出来攒着。我也常见他推了满满一车废品送往什么地方的废品站。

我曾听有人说："嘿，又发了，也许卖不少钱呢！"

我不相信现而今谁靠捡废品卖会"发"。

倘真能，为什么我们城里人不也"发"一把呢？

一个易拉罐儿几分钱，一斤废报几角钱，这我也是知道的。一车废品卖不了多少钱的，明摆着的事儿。

朱师傅挣的是城里人，尤其是北京人显然地、绝对地不愿挣的钱，也是显然地、绝对地在靠诚实的劳动挣钱。

故我常将能卖钱的废品替朱师傅积攒了，亲自送给他。

有次我问："怎么最近没见朱凡啊？"

他笑了，欣慰地说："去学电脑了！"

这一位中年的、安徽农村来的农民父亲，就用自己卖废品所得的钱，供他的儿子去学最现代的谋职技能。

现在朱凡已经在某邮局谋到了一份临时的工作。尽管收入和他父亲的收入一样很低微，但毕竟，全家多了一份收入啊！

某日，朱师傅见了我，吞吞吐吐地问："你看，如果我想在车棚这一角用些胶合板围一处我睡觉的地方，厂里会同意吗？"

我说："我不是早就建议你这样做了吗？只管照你的想法做吧，

厂里我替你说。"

厂里的领导也很体恤他一家。

现在，朱师傅有了自己的栖身之处——就在门房的边上，一米多宽，两米多长，用胶合板围的一个箱子似的"房间"。睡在里边，夏天的闷热，冬天的阴冷，大约非一般城里人所能忍受。

现在，这一家人已在北京——确切地说，在我们童影的门房生活了七八年了。除了朱霞，朱师傅、"嫂子"和朱凡，都在为生活而挣钱。不管一份工作多么脏、多么累，收入多么低微，在北京人看来是多么不值得干、不屑于干，在他们看来，却都是难得的机遇……

在风天，在雨天，在寒冬里，在赤日下，我常见"嫂子"替朱师傅清理七个垃圾通道，替朱师傅打扫宿舍区和厂区的卫生。也像朱师傅一样，从垃圾里挑拣出可卖点儿钱的东西。她替朱师傅时，朱师傅则也许往废品站送废品去了，也许另有一份儿活，去挣另一份儿钱了。

"嫂子"推垃圾车的步态，腾腾有力，显示出一种"小车不倒只管推"的样子。

这一家的每一个成员，似乎总是那么乐观，似乎总是生活得那么亲情融融。

有时我不免奇怪地想——他们的乐观源于什么呢？

当然，我知道，他们一家人要通过共同的努力，早日积攒下一笔钱，然后回安徽农村去盖房子。那须是多大数目的一笔钱呢？

三万元？还是五万元？

他们离这个目标还有多远呢?

似乎,为了达到这个目标,他们再豁上七八年的时间也不足惜。而且,一定要达到,一定能达到。

难道,这便是他们乐观的生活态度的因由吗?

哪一个人没有生活的目标呢?

哪一个家庭没有生活的目标呢?

但是,有多少人,有多少个家庭,身在到处声色犬马灯红酒绿的大都市里,不谤世妒人,不自卑自贱,不自暴自弃,一心确定一个不超出实际的寻常得不能再寻常的生活目标,全家人同舟共济,付出了一个七八年,并准备再付出一个七八年去辛辛苦苦地实现呢?

我清楚,这样的人,这样的人家,在北京也是不少的。

这一种生活态度不是很可敬吗?

自尊,自强,自立——于老百姓而言,不就是得像朱师傅一家一样吗?

十分难得的是,他们还有那么一种仿佛任什么都腐蚀不了的乐观!这乐观可贵呀!

我常对自己说——朱师傅是我的一面镜子。他这一面镜子,每每照出我这个小说家生活的矫情。

我也常对妻子和儿子说——朱师傅一家是我们一家的镜子。

相比于朱师傅和他的一家,我和我的一家,还有什么理由不乐观地生活?我们对生活所常感到的不满足不如意,不是矫情又是什么呢?……

老　妪

那个老妪是一个卖茶蛋的老妪。

在十二月的一个冷天，在北京龙庆峡附近。儿子须作一篇"游记"，我带他到那儿"体验生活"。

卖茶蛋的皆乡村女孩儿和年轻妇女。就那么一个老妪，跻身她们中间，并不起劲儿地招徕。偶发一声叫卖，嗓音是沙哑的，所以她的生意就冷清。茶蛋都是煮的，老妪锅里的蛋未见得比别人锅里的小。我不太能明白男人们为什么连买茶蛋都要物色女主人。

老妪似乎自甘冷清，低着头，拨弄煮锅里的蛋。时时抬头，目光睃向眼前行人，仿佛也只因为不能总低着头。目光里绝无半点儿乞意。

我出于一时的不平，一时的体恤，一时的怜悯，向她买了几个茶蛋。活在好人边上的人，大抵内心会发生这种一时的小善良，并且总克制不了这一种自我表现的冲动。表现了，自信自己仍立足在好人边上，便获得一种自慰，和证明了什么的心量安泰感和满足感……

老妪应找我两毛钱，我则扯着儿子转身便走，佯装没有算清小账。儿子边走边说："爸，她少找咱们两毛钱。"我说："知道。但是咱们不要了。大冷的天她卖一只茶蛋挣不了几个钱，怪不易的……"于是我向儿子讲，什么叫同情心，人为什么应有同情心，以及同情心是一种怎样的美德，等等。两个多小时后，我和儿子从公园出来，被人叫住——竟是那老妪，袖着双手，缩着瘦颈，身子冷得佝偻着。"这个人，"她说，"你刚才买我的茶蛋，我还没找你钱，一转眼，你不见了……"

老妪一只手从袖筒里抽出，干枯的一只老手，递向我两毛钱，皱巴巴的两毛钱……儿子仰脸看我。我不得不接了钱。我不知自己当时对她说了句什么……

而公园的守门人对我说："人家老太太，为了你这两毛钱，站我旁边等了那么半天……"

我和儿子又经过买茶蛋的摊行时，见一老叟，守着她那煮锅。如老妪一样，低着头，摆弄煮锅里的蛋。偶发一声叫卖，嗓音同样是沙哑的。目光偶向眼前行人一睃，也只不过是任意的一睃，绝无半点儿乞意。比别人，生意依旧冷清……

人心的尊贵，一旦近乎本能的，我们也就只有为之肃然了。我觉得我的类同施舍的行径，对于老妪，实在是很猥琐的……

月饼的故事①

由中秋佳节，自然联想到月饼。

过去，百姓人家过中秋也就买两包月饼而已。我记得十分清楚，当年哈尔滨的月饼一包二斤，八块，八角六分一斤，砂糖五仁馅的。除了这种，别无其他。

我头脑的"底片"，已然开始老化。孩提时的许多事，渐在记忆中模糊了，却保留下一些准确的数字。比如两角四，当年一块肥皂的价格。七角八，当年一种叫"江米条"的杂点的价格。四角六，当年一个灯泡的价格……

当年我家生活贫困，五个孩子。母亲却一向舍不得多花八角六分钱买一包月饼。每至中秋，一包月饼，通常总是这样分的——妹妹一块，我和哥及两个弟弟每人半块，留下一块，照例要供爷爷。供两天后，再掰碎了分给我们。

母亲从来都是一口不吃的。

①原文题目是《关于月饼》——编者注

她总说："太甜。不爱吃。"

前几年，月饼价格不知怎么突然贵得荒唐。最贵有千元几千元一盒的，馅里包名表、包钻戒、包纪念金币。我曾写过一篇短文，指斥为不折不扣的暴利现象。

一九九三年的一天，我收到一封从美国加州寄来的信。写信人当年也是北大荒知青，一九八五年去了美国。现在已经是一位机电工程师，月薪颇丰。买了房子、汽车，娇妻爱子三位一体，生活很是幸福。他在信中向我讲述了这样一件往事——一九七二年中秋节前，他和几名男知青在球场上打篮球，几名女知青坐在球场四周，边洗衣服边观看。突然，一辆失控的"28"拖斗车冲向篮球场，冲向正带球准备跃起投篮的他。待他听到身后有异响，转身已见拖斗车近在咫尺了。他愣住了。千钧一发之际，有人将他猛地推开。拖斗车呼啸而过，救他的人被碾于车下——是女排的一名班长，天津知青。

她被送往团卫生院时，已因伤势过重，失血过多，无法挽救生命了。医生说她至多再能挺着活半天。他当时也跟往团部去了。可她一路昏迷不醒，他根本没机会对她说一句话。医生只许连长一人入抢救室。连长出来时，说她喃喃地重复两个字——"月饼……"

再过两天就是"中秋"。

于是电话打回连里，问哪个知青收到了家里寄来的月饼。结果令他们失望。当年知青相比着看谁最"革命"，认为月饼是替迷信人物嫦娥树碑立传的"反动糕点"，皆以不吃为荣。电话又打到其他连队，结果也令他们失望了。最后经团领导批准，允许他们去邮局翻当天收到、尚未被各连取走的包裹。只要觉得内中可能有月饼，拆包无妨。因为这一点已同时获得了所有连队知青们的理解……

仍一无所获。

奄奄一息的女知青班长口中弱声重复着的，却始终是"月饼"二字……

于是有人提议——为她做月饼，哪怕仅仅做一块。

连长没阻止。他也想将一块月饼送到女知青手中……

护送她到团部医院的知青们说做便做了。有的到大草甸子上去采榔柿。那是一种比山丁子大不了多少的草本野果。蓝色的，像葡萄，但比葡萄酸。除了榔柿，他们再想不到任何可做月饼馅的东西了。

天已经黑了。他们打着手电散布在大草甸子里采。而大草甸子中的柿秧，却早已被团部附近的知青们"扫荡"过多遍。终于采满了半小碗。他们考虑到用榔柿做月饼馅会很酸，所以又选了最好的萝卜，切了点儿萝卜丁，用开水焯过，与榔柿掺在一起。拌了许多蜂蜜，再搅入一些油炒面。有一名知青用两块砖刻出了月饼模子，甚至细心地刻出了"中秋"二字。

最后一道"工序"，便是将两块砖用油浸了，将那馅儿用精面包了，用砖合扣住，用铁丝拧紧，放在灶火中烧烤。一边烧烤，一边往砖上浇油……

当连长拿着一块滚热的"月饼"，两手掂换着冲入急救室时，女知青班长已咽气了。连长哭了，知青们都哭了。哭得最悲痛的，当然是给我写信的他……

他在信中说——他一直暗暗爱恋着她，敏感到她也在暗暗爱恋着自己，只不过都没机会互诉恋情……

他在信中说——连里收到了她父母寄给她的一个包裹，内有两块月饼。没谁能有充分的根据判断——她于昏迷之中弱声重复"月饼"二字，是意识里盼望着吃到，还是唯恐父母不听她的劝告执意寄来，会影响她在知青中思想"革命"的形象……

他在信中说——他们当年"土法上马"制作的那块月饼，和她家里寄来的两块月饼，曾一起放在她坟上供了几天，后来被一头牛吃了……

他给我写信的目的，是请求我按照他提供的地址，每年中秋节前，替他买一包月饼，寄回北大荒去，请人供在她坟上……

我对这件事是非常认真的。按他信中提供的地址，先寄了封信投石问路，却泥牛入海，杳无回音。又询问过回北大荒的知青，得知当年那连队早迁移了，现已是一片荒无人烟之地……

我只得回信据实以告。

后来，我曾往北大荒寄过一个包裹，内装几种月饼，是寄给我当年教过的学生们。他们已长大成人，为人父母了。我想，他们的孩子吃我寄去的月饼时，当会觉得格外好吃吧？毕竟不是所有的孩子，都能吃到他们父母的小学老师寄给他们的月饼啊！……

老水车旁的风景

其实，那水车一点儿都不老。

它是一处旅游地最显眼的标志，旅游地原本是一个村子。两年前，这地方被房地产开发商发现并相中，于是在盖别墅和豪宅的同时，捎带着将这里开发成了旅游景点，使之成了小型的周庄。

在双休日或节假日，城里人络绎不绝地驾车来到这里。吃喝玩乐，纵情欢娱。于是这里有了算命的、画像的、兜售古玩的；也有了陪酒女、陪游女、卖唱女、按摩女，皆姿容姣好的农家少女。她们终日里耳濡目染，思想迅速地商业化着。

城里人成群结队地到来的时候，必会看到，在那水车旁有一老妪和一少女。老妪七十有几，少女才十六七岁，皆着清朝裳。老妪形容枯瘦憔悴；少女人面桃花，目如秋水，顾盼之际，道是无情却有情。老妪纺线，少女刺绣，成为水车的陪衬，景观中的风景。她们都是景区花钱雇了在那儿摆样给观光客们看的，收入微薄。幸而，若有观光客与她们照相，或可得些小费。

老妪是村里的一位孤寡老人，在村里有一间半祖宅。村子受益于旅游业，有了些公款，每月亦给她五十元。老妪是以感激旅游业，对自己能有那样一种营生，甚为满足，终日笑眯眯的。少女是从外地流落到这儿的，像寻蜜的蜂儿一样被这旅游地的兴旺发达吸引来的。她的家在哪里，家境如何，身世怎样，没人知道。曾有好奇的村人问过，少女讳莫如深，每每三缄其口，是以渐无问者。当地人对于外地人，免不了有点儿欺生。可像她那么一个十六七岁的女孩，讨生活的方式并不危害任何当地人的利益，虽然明明是外省人，便借故欺她，却是不忍心的。

不忍相欺归不忍相欺，但对于那来历不明的小姑娘，当地人内心还是有些犯嘀咕。会不会是个小女贼，待人们放松了警惕，待她摸清了各家的情况，抓住对她有利的机会，逐门逐户偷盗个遍，然后逃得无影无踪。据他们所知，省内别的景区发生过这样的事，祸害了当地人的也是个姑娘。只不过是个二十几岁的大姑娘，只不过没有亲自偷盗，而是充当一个偷盗团伙的眼线。那么，她背后也有一个偷盗团伙吗？人们相互提醒着。随后，她的行动，便被置于许多双有责任感的眼睛的监视之下。

但她一如既往地对人们有礼貌，还特别感激当地人收留她。难道因为她才十六七岁，还太单纯，看不出别人对她的警惕吗？这么小年龄的女孩儿走南闯北，会单纯才怪！那么，必是伪装的了。于是，在当地人看来，小女孩还很狡猾……

只有老妪觉得她是个好女孩儿。

她们成为"同事"几天以后，老妪曾问少女住在哪儿，少女说住在一家饭店的危房里，每天五元钱，晚上还得帮着干两个多小时的活。饭店里有老鼠，她最怕老鼠。"就是每月一百五十元，也花去了我半个来月的工资，还得看主人两口子的眼色……"少女说得泪汪汪的。

"闺女，住我家吧。我那儿就我一个人，我也喜欢有你这么个伴儿，不会给你气受。"老妪说得很诚恳。

少女没想到老妪会那么说，正犹豫着该怎么回答，老妪又说："我一分钱不收你的。"

……

于是，少女作为老妪所希望的一个伴儿，住到了老妪家里。

于是，少女脸上笑容多了，喜欢和她一块儿照相的观光客多了，小费也多了。最多时，每天能收到五十元。

老妪脸上的皱纹少了。熟悉她那张老面孔的人，发现她脸上几条最深的褶子变浅了，有要舒展开来的迹象了。她脑后的抓髻也好看了，不像以前那么歪歪扭扭的了。她的指甲不再长而不剪，指甲缝也不再黑黢黢的了。她那身"行头"，显然洗得勤了。她的好心情让她的小费也多起来了。

有好心人提醒她："你让那小人精住你那儿去了？千万防着点儿，万一你那点钱被她偷了，临走连件寿衣都穿不上……"

老妪不爱听那样的话。

她说:"走?往哪儿走?人家孩子比我多的钱放那儿都不避我,我那么点儿钱,防人家干吗?"

她爱听少女的话。

少女常对她说:"奶奶,尽量想高兴的事儿,那样您准能活一百多岁。"

经历了二十几年孑然一身、形影相吊的孤寡生活以后,忽然有了一个朝夕相处的小女伴儿,老妪返老还童了似的。有时,一老一少对面坐着,各点各的钱,还相互换零凑整的……

然而有天老妪忽然失明,接着咯血了。村里不得不派人把她送到县医院,一诊断是癌症,早扩散了。那么老的人了,是农村人,还是个孤寡老人,也只有回家挨着。

村里负责的人就对少女说:"她都这样了,你搬走吧,爱住哪儿住哪儿去吧。"少女哭着说:"我不搬走。奶奶对我好,我要服侍服侍她……"非亲非故,来历不明,还口口声声"奶奶,奶奶"叫得挺亲,就是不搬走,图什么呢?

村里负责的人想到了老妪的一间半祖屋。这个小人精,不图房子,还图什么?

于是,在老妪状态稍好的某日,村里负责的人带着一男一女来到了老妪家里,他介绍那男的是县公证处的,女的是位律师。他开门见山地对老妪说,她应该在临死前做出决定,将一间半祖屋留给村里。

那屋子是可以改装成门面房的，稍加改装以后，或卖或租，钱数都很可观。

老妪说："行啊！"

村里负责的人又说："那你就在这张纸上按个手印吧！"老妪不高兴了："我觉得，我一时死不了。"

村里负责的人急了："所以趁你还明白，才让你按手印嘛！"

老妪就不理他们三个男女，把身子一转，背朝他们了……

村里负责的人没主意了，找来另外几个有主意的人商议，他们都认为老妪完全有可能被那外省的小妖精蛊惑了，已经按手印留下了什么遗嘱，把一间半祖屋"赠给"那小妖精了……

口口相传，几个人所担心的事情，一夜之间，仿佛成了确凿之事。是可忍，孰不可忍？岂能让不相干的人占了便宜？

于是全村男女老少同仇敌忾起来。

没人愿意去照顾那糊涂的老妪了……

少女就连她那份儿工作也不能干了……

村里人们的心，暗中扭成了一股劲儿——你不是哭着闹着要服侍吗？你一个人好好服侍吧！服侍得再好也是枉费心机，企图占房子？法庭上见吧！

十几天后，老妪走了。

老妪攒下的钱不够发送自己，少女为她买了一套寿衣……

又过了几天，那少女也消失了，没跟村里任何人告别，也没留下封信……

村里负责的人竟不知拿老妪那一间半祖屋怎么办才好了。景区内的门面房是在涨价。但他不敢自作主张改造、装修或租或售，因为他怕有一天少女突然出现，手里拿一份什么证明，使村里损失了改造费或装修费，甚至落个非法出售或出租的罪名……

那景区至今依然游人如织。那水车至今还在日夜转动。

那一间半老屋子，至今还闲置着，越发破败了。再不改造和装修，不久就会倒塌……

王妈妈印象

写罢《茶村印象》，意犹未尽，更想写友人的母亲王妈妈。

王妈妈今年七十七岁了。

我第一次见到她，是在她家门口。当时是傍晚，她蹲着，正欲背起一只大背篓到茶集去卖茶。

茶集不过是一处离那个茶村二里多远的坪场，三面用砖墙围了。朝马路的一面却完全开放，使集上的情形一目了然。茶集白天冷冷清清，难见人影。傍晚才开始，附近几个茶村的茶农都赶去卖茶，于是熙熙攘攘，热闹得很。通常一直热闹到八点钟以后，天光黑了，会有许多灯点起来，以便交易双方看清秤星和钱钞。那一条路说是马路，其实很窄，一辆大卡车就几乎会占据了路面的宽度；但那路面，却是水泥的，较为平坦。它是茶农们和茶商共同出资铺成的，为的是茶农们能来往于一条心情舒畅的路上。所幸很少有大卡车驶过那一条路。但在茶农们卖茶的那一段时间里，来往于路上的摩托、自行车或三轮车却不少。当然更多的是背着满满一大背篓茶叶的茶农们。他们都是些老人，不会或不敢骑车托物了，只有步行。一大背篓茶对于年轻人来说并不太重，二三十斤而已。但是对于老人和妇女，背着那样一只大背篓走上二三里地，怎么也算是一件挺辛苦的事了。他们弯着腰，低着头，一步步机械地往前走。遇到打招呼的人偶尔抬起头，脸上的表情竟是欣慰的。茶村毕竟也是村，年轻人们一年到头去往城市里打工，茶村也都成了老人们、孩子们和少数留守家园的中年妇女们的村了。这一点和中国其他地方的农村没什么两样。见到一个二三十岁的男人或女人，会使人反觉稀奇的……

事实上，当时王妈妈已将背篓的两副背绳套在肩上了，她正要往起站，友人叫了她一声"妈"。

她一抬头，身子没稳住，坐在地上了。

我和友人赶紧上前扶她。自然，作为儿子的我的友人，随之从她背上取下了背篓。她看着眼前的儿子，笑了，微微眯起双眼，笑得特慈祥。

她说："我儿回来啦！"——将脸转向我，问，"是同事？"

友人说："是朋友。"

她穿一件男式圆领背心，已被洗得过性了，还破了几处洞；一条草绿色的裤子，裤腿长不少，挽了几折，露出半截小腿；而脚上，是一双扣绊布鞋，一只鞋的绊带就要断了，显然没法相扣了，掖在鞋帮里。那双鞋，是旧得不能再旧了，也挺脏，沾满泥巴（白天这地方下了一场雨）。并且呢，两双鞋都露脚趾了……

我说："王妈妈好。"——打量着这一位老母亲，倏忽间想念起我自己的母亲来。我的老母亲已过世十载了，在家中生活最困难的时期，那也还是会比友人的这一位老母亲穿得好一些。何况采茶又不是什么脏活，我有点儿不解这一位老母亲何以穿得如此不伦不类又破旧……

然而友人已经叫起来了："妈，你这是胡乱穿的一身什么呀？我给你寄回来的那几套好衣服为什么不穿？我上次回来不是给你买了两双鞋吗？都哪儿去了？"

友人的话语中，包含着巨大的委屈，还有难言的埋怨。显然，他怎么也没想到他的母亲会以那么一种样子让我看到，他窘得脸红极了。须知我这一位友人也是大学里的一位教授，而且是经常开着"宝马"出入大学的人。

他的母亲又笑了，仍笑得那么慈祥。

她说："都在我箱子里放着呢。"

"那你怎么不穿啊？"

当儿子的都快急起来了，跺了下脚。

"好好好，妈明儿就穿，还不快请你的朋友家里坐啊！我先去卖茶，啊？……"

我对友人说："咱俩替老人家去卖吧！"

但是王妈妈这一位老母亲却怎么也不依。既不让我和她的儿子一块儿去替她卖那一大背篓茶叶，也不许她的儿子单独去替她卖。我和我的友人，只得帮老人家将背篓背上，眼睁睁地看着身材瘦小的老人家像一只负重的虾米一样，一步步缓慢地离开了家门前……

友人问我："你觉得有多少斤？"

我说："二十几斤吧。"

友人追问："二十几斤？"

我说："大约二十五六斤吧。"

他家门前，有一块半朽未朽的长木板，一端垫了一摞砖，一端垫了一块大石头，算是可供人在家门前歇息的长凳。

友人就在那木板上坐下去了，默默吸烟。我知他心里难受，大约也是有几分觉得难堪的，就陪他坐下，陪他吸烟。

这时，友人的脸上淌下泪来了。

他说："上个月我刚把她接到我那儿去，可住了不到十天，她就闹着回来，惦记着那不到一亩的茶秧。她那么急着回来采茶，我不得不给她买机票，坐飞机能当天就回来啊！可从广州到成都，打折的飞机票也九百多元啊！还得我哥到成都机场去接她，再乘长途汽车到雅安，再从雅安坐出租车到村里，一往一返，光路费三千元打不住。她那几分地的茶秧，一年采下的茶才卖二千多元。她就不算算账！这不，回来了，又采上茶了，才活得有心劲儿了似的……"

我说："那你就给老人算一算这笔账嘛。"

他回答："当然算过，白算。我们算这一种账，在我母亲那儿根本就不走脑子。关于钱，一过千这么大的数，她就没意识了。她只对小数目的钱敏感，而且一笔笔算起来清清楚楚，从没糊涂过，谁想蒙她不容易。还对小数目的钱特亲。比如这个月茶价多少钱一斤，下个月多少钱一斤，那么这个月几天没采茶，等于少挣了多少钱……"说到此处，苦笑。

我说："那你以后就把花在路费方面的钱寄回呗。"

友人说，那寄回来的钱对于他的老母亲就只等于是一个数字，她会直接把钱存在银行里，连过手都不过手。说自己当教授了，住上宽敞的房子了，有了私家车了，不将老母亲接到城市里享享福，内心不安。说他老母亲第一次到深圳的日子里，他曾驾车带着他老母亲到海滨路上去度周末，也像别人一样将塑料布铺于绿地，摆开吃的喝的，和老母亲共同观海景，聊天。可老母亲却奇怪于城里人为什么偏偏将那么一大片地植树了，种草了，而不栽上茶秧？栽茶秧那能解决多少人的挣钱问题啊！进而大为不满地批评城里人罪过，不知土地宝贵，浪费大片大片的土地简直像不在乎一张纸一样。又觉得城里人太古怪，难以理解，待在家里多舒服，干吗都一家家一对对跑到海边傻坐着？海边再凉快，还能比有空调的家里凉快吗？说那一次老母亲在他那儿住的日子还长久些，因为在大都市里发现了生财之道———一个空塑料瓶两分钱，易拉罐三分钱，纸板三角钱一斤，她觉得比采茶来钱容易多了。说那是老母亲唯一愿意向城市人学习的地方，也是对大都市的唯一好感。还因为捡那些东西，和"同行"发生了口角。而他，只得向老母亲耐心解释，捡那些东西的人，是划分了街区领地的。在别人的街区领地捡那些东西，就是侵犯了别人的利益。别人对你提出抗议，抗议得有理。你跟别人吵，吵得没理。老母亲却振振有词地反问，他有政府发的证书吗？如果没有，凭什么说那些街区是他的"领地"呢？依她想来，既然拿不出类似政府发给农民的土地证一样的证书，凭什么只许自己捡，不许别人捡呢？而他就只得更加耐心地向老母亲解释，尽管对方并无证书，但那是"潜规则"。"潜规则"相互也是要遵守的。解释来解释去，最后也没能使老母亲明白究竟什么是"潜规则"，为什么"潜规则"对人也具有约束性……老母亲离开的前一天，他家阳台上已堆满了空塑料瓶等废弃物。他想通知收废品的人上门来收走，可老母亲不许，因为人家上门来收，一个塑料瓶子就变成一分钱了，废纸也变成两角一斤了。在老母亲那儿，账算得"倍儿"清——一个塑料瓶等于卖亏了百分之五十；一斤废纸板等于卖亏了百分之三十；合计卖亏了百分之八十！他说："妈，账你也不能这么算，并不是你原本该卖得十元，结果亏掉了八元，就剩两元了。"老母亲说："你别跟我拌嘴！百分之五十加百分之三十，怎么就不是亏了百分之八十呢？你当儿子的，不能拿我的辛苦不当辛苦，我捡了那么一阳台我容易吗我？"于是伤心起来。我的朋友这个当儿子的，只得赶紧认错。接下来乖乖地将阳台上的废品弄出家门，塞入他那辆刚买的"广本"，再带上老母亲，分两次卖到废品收购站去。老母亲点数总计二十来元钱，顿觉是一笔大收入，这才眉开眼笑……

　　友人问我："如果请收废品的上门来收走，是等于卖亏了百分之八十吗？"

我说："当然不是。百分之百减去百分之三十剩百分之七十，加上塑料瓶的百分之五十，是百分之一百二十……"

友人奇怪了："少卖钱是肯定的，怎么也不会成了百分之一百二十吧？"

我愣了，自知我的算法也成问题，陪着苦笑起来……

友人的老母亲卖茶叶回来了，一脸不快。

当儿子的问她卖了多少钱？

她说："儿子你还不知道吗？这个季节大叶子茶更不值钱了，才卖了九元三角钱；辛苦了一白天，到手的钱居然还不够一个整数。"她是得快快不乐。

吃晚饭时，老人家在自家的太阳能洗浴房里冲过了澡，翻箱倒柜，换上了一身体面的衣服。我的友人，他的哥哥嫂子都说，老人家纯粹是为我这一位远道而来的客人才那样的。

老人家说是啊是啊，多次听晓鸣（我的友人的名字）跟她谈到过我，早知我们情同手足。说好朋友要长久。她相信我和她儿子会是天长地久的朋友，替我们高兴。老人家不断为我夹菜，口口声声叫我"声仔"。

友人对我耳语："我母亲叫你'声仔'，那就等于是拿你当儿子一样看待了。"

我也耳语，问："要不要将我装在红信封里的五百元钱立刻就从兜里掏出来，作为见面礼奉上？"

友人却摇头。

第二天，友人陪我到镇上去，将五张百元钞换成了一百余张小面额的钱，扎成厚厚两捆，在他老母亲高兴之时，暗示我抓住机遇。

我就双手相递，并说："王妈妈，我希望您能认下我这个干儿子。这些钱呢，我也不知是多少，算是我这个干儿子的一份心意，您一定要收下。"

老人家顿时笑得合不拢嘴，连说："好啊好啊，我认我认，我收我收！"

她接过钱去，又说："看我声儿，孝敬了我这么多钱！真多真多……"

友人心理不平衡地嘟哝："那就多了？才……有好几次我一千两千地给你寄，你也没夸过我一句！"

老人家批评道："你动不动就挑我的理，看我这么也不对那么也不顺眼，他怎么就不说？"

我趁机讨好："干妈，以后他再对您那样，我这儿先就不依！"

…………

晚上，我和友人照例同床。那是他父亲生前睡的床，如今是他母亲的床，也是家中最宽大的床，却哪哪儿都松动了，我俩不管谁一翻身，那床都发出嘎吱嘎吱的响声。老人家为了我们两个小辈儿睡得好，把那床让给了我俩，她自己睡在客厅里的旧沙发上。

友人向我讲起了他的父亲，以及他的父亲和他母亲的关系。他的父亲曾是乡长，极体恤农民的一位乡长，故也备受农民的敬重；不幸罹患癌症，四十几岁就去世了。他父亲生前，和他母亲的关系一向不好，几乎谈不上有什么夫妻感情可言。父亲去世以后，母亲一个人拉扯着四个儿女，日子变得朝不保夕。他的妹妹，由于小病没钱治，拖成了大病。水灵灵的一个少女，临死想换一身新衣服美一下，都没美成……

友人嘱咐我，千万不要提他的妹妹，那是他母亲心口永远的痛；也千万不要提他的父亲，那似乎是他母亲永远的怨……

他说："我听过不少父亲们为儿女卖血的事，在我们家里，为供我们几个儿女读书，卖血的却是我母亲。而且像许三观一样，在一个月里卖过两次血。上苍让我母亲活到今天，实在是对她本人和对我们儿女的眷顾……"

茶村的夜晚，万籁俱寂。友人的话语，流露着淡淡的忧悒，绵长的思念。令我的心情也忧悒起来了；并且，令我也思念起了我那没过上几天好日子的老父亲和老母亲……

第二天，王妈妈打发晓鸣到另一个茶村去看望他二姐，却要我留了下来。她不采茶了，让我陪她在村里办点事。

我陪她去了几户茶农的家里，显然是茶村生活仍很贫穷的人家。她竟是一家一户去送钱，有的送一百，有的送五十。

"看你，又送钱来，别总操心我们的日子了，我们还过得下去……"

每户人家的人都说类似的话；家家户户的人的话中，却都有"又送钱来"四个字。

那"又送钱来"四个字，令我沉思不已。

她老人家却说："晓鸣的爸又给我托梦了，是他牵挂着你们，嘱咐我一定来看看。"

或者指着我说："看，我认了个干儿子，和我晓鸣一样，也是教授，都是正的。他们都是每个月开五六千的人，以后我是不缺钱花的一个妈了。周济周济你们，还不应该的……"

我陪着在茶村认的这一位干妈，去给她的女儿、她的丈夫扫了坟。两坟相近，扫罢以后，她跪了很久。

她面对这座坟说："他爸，儿女们以为我还怨你，其实我早就不怨你了。我还替你做了些事情，那是你生前常做的事情。其实我一直记着你说过的一句话——为人处世，心里边还是多一点儿善良好。你要是也不嫌弃我了，那就给我托梦，在梦里明说。要是不好意思跟我明说，给儿女们托梦说说也行。那么，我死后，就情愿埋在你旁边……"

又对那一座坟说："幺女啊，妈又来看你了。妈这个月采了二百多元的茶。现在女孩儿家也该穿裙子了，过几天，妈亲自到乐山去给你买一件漂亮的裙子。听你二姐的女儿说，乐山有一家服装店专卖女孩子穿的衣服，样式全都是时兴的……"

对第一座坟说话时，她的语调很平静；对第二座坟说话时，她忽然泣不成声……

在回家的路上，干妈对我说："声儿，记着，以后找机会告诉晓鸣，他说得不对。一个塑料瓶子不是两分钱，是一角二分钱。硬铁皮的才两分钱，易拉罐八分钱，顶数塑料瓶子值钱。一斤纸板也不是一角几分钱，是三角钱……"

我诺诺连声而已。不知为什么，那一天这一位友人的老母亲，竟令我心生出几许肃然来……

后来我和我的干妈又聊过几次。

她问我："如果一个老人生了癌症，最长能活多久，最短又能活多久？"

我以我所知道的常识回答了以后，她沉默良久，又问："活得越久，岂不是越费钱？"

我一时不知该如何回答，尤其是对这样一位七十七岁了还辛劳不止采茶攒钱的老母亲。

她语调平静地又说："晓鸣他爸生了癌症，才半个多月就走了。晓鸣寄给我的钱和我自己挣的，加起来快一万元了。现在治病很费钱，不知道一万元够治什么样的病……"

我更加不知如何回答才好，只有摇头。

于是她自问自答："我死，也许不会因为病。就是因为病，估计也不会病得太久。我加紧再挣点儿钱，攒够一万，估计怎么也够搪病的了。我可不愿拖累儿女们，儿女们各有各的家，也都不容易……"

我装出并没注意听的样子。

不料她突然问："你们城里的老人，如果还挺能吃，就表明还挺能活，是吧？"

我回答："是。"

她说："我们农村的老人，如果还挺能干，才表明挺能活。你看干妈，是不是还挺能干的？"

我又回答："是。"

…………

当我离开茶村时，我和我的干妈，相互都有些依依不舍了。

我又明白了我自己一些——都五十七八岁的人了，居然还认起干妈来；实不是习惯于虚与委蛇，而是由于在心理上，仍摆脱不了那一种一心想做一个好儿子的愿望。

因为我从来就不曾好好地做过儿子。那是需要些愿望以外的前提的。对于我，前提以前没有。现在，前提倒是有了，父母却没了。

我也更明白了——为什么我的某些同代人，一提起自己过世了的父母就悲泪涟涟。

我是那么羡慕我的好友晓鸣教授。

他的老母亲认下了我这一个干儿子，我觉得格外幸运。而我尤其幸运的是，我的远在一个小小茶村里的干妈，她是一位要强又善良的老人家。

至于她爱捡废品的"缺点"，那是我能理解的；也是我觉得有趣的……

小垃圾女

　　我第一次见到她，是元月下旬的一个日子，那天刮着五六级风。家居对面，元大都遗址上的高树矮树，皆低俯着它们光秃秃的树冠，表示对冬季之厉色的臣服。偏偏十点左右，商场来电话，通知安装抽油烟机的师傅往我家出发了⋯⋯

　　前一天我已将旧的抽油烟机卸下来丢弃在楼口外了。它为我家厨房服役十余年，油污得不成样子。我早就对它腻歪透了，一除去它，上下左右的油污彻底暴露，我得赶在安装师傅到来之前刮擦干净。洗涤灵去污粉之类难起作用，我想到了用湿抹布滚粘了沙子去污的办法。我在外边寻找到些沙子用小盆往回端时，见个十一二岁的女孩，站在铁栅栏旁。我丢弃的那台脏兮兮的抽油烟机，已被她弄到那儿。并且，一半已从栅栏底下弄到栅栏外；另一半，被突出的部分卡住。

　　女孩正使劲跺踏着。她穿得很单薄，衣服裤子旧而且小。脚上是一双夏天穿的扣襻布鞋，破袜子露脚面。两条齐肩小辫，用不同颜色的头绳扎着。她一看见我，立刻停止跺踏，双手攥一根栅栏，双脚蹬在栅栏的横条上，悠荡着身子，仿佛在那儿玩的样子。那儿少了一根铁栅，传达室的朱师傅用粗铁丝拦了几道。对于那女孩来说，钻进钻出仍很容易。分明，只要我使她感到害怕，她便会一下子钻出去逃之夭夭。而我为了不使她感到害怕，主动说："孩子，你是没法弄走它的呀！"——倘她由于害怕我仓皇钻出时刮破了衣服，甚或刮伤了哪儿，我内心里肯定会觉得不安的。

她却说："是一个叔叔给我的。"又开始用她的一只小脚踩踏。

果而有什么"叔叔"给她的话，那么只能是我。我当然没有。

我说："是吗？"

她说："真的。"

我说："你可小心……"

我的话还没说完，她已弯下腰去，一手捂着脚腕了。破裂了的塑料是很锋利的。我说："唉，扎着了吧？你倒是要这么脏兮兮的东西干什么呢？"她说："卖钱。"其声细小。说罢抬头望我，泪汪汪的。显然疼的。接着低头看自己捂过脚腕的小手，手掌心上染血了。我端着半盆沙子，一时因我的明知故问和她小手上的血而呆在那儿。她又说："我是穷人的女儿。"其声更细小了。她的话使我那么始料不及，我张张嘴，竟不知再说什么好。而商场派来的师傅到了，我只有引领他们回家。他们安装时，我翻出一片创可贴，去给那女孩，却见她蹲在那儿哭，脏兮兮的抽油烟机不见了。我问哪儿去了？

她说被两个蹬平板车收破烂儿的大男人抢去了。说他们中一个跳过栅栏，一接一递，没费什么事儿就成他们的了……我问能卖多少钱？她说十元都不止呢，哭得更伤心了。我替她用创可贴护上了脚腕的伤口，又问："谁教你对人说你是穷人的女儿？"她说："没人教，我本来就是。"我不相信没人教她，但也不再问什么。我将她带到家门口，给了她几件不久前清理的旧衣物。她说："穷人的女儿谢谢您了叔叔。"我又始料不及。觉得脸上发烧，我兜里有些零钱，本打算掏出全给她的。但一只手虽已插入兜里，却没往外掏。那女孩的眼，希冀地盯着我那只手和那衣兜。我说："不用谢，去吧。"她单肩背起小布包下楼时，我又说："过几天再来，我还有些书刊给你。"听着她的脚步声消失在外边我才抽出手，不知不觉中竟出了一手的汗。我当时真不明白我是怎么了……

事实上我早已察觉到了那女孩对我的生活空间的"入侵"。那是一种诡秘的行径，但仅仅诡秘而已，绝不具有任何冒犯的意味，更不具有什么危险的性质。无非是些打算送给朱师傅去卖，暂且放在门外过道的旧物，每每再一出门就不翼而飞了。左邻右舍都曾说撞见过一个小小年纪的"女贼"在偷东西。我想，便是那"穷人的女儿"无疑了……

四五天后的一个早晨我去散步，刚出楼口又一眼看见了她。仍在第一次见到她的地方，她仍然悠荡着身子在玩儿似的。她也同时看见了我，语调亲昵地叫了声叔叔。而我，若未见她，已将她这一个"穷人的女儿"忘了。

　　我驻足问："你怎么又来了？"她说："我在等您呀叔叔。"——语调中掺入了怯怯的、自感卑贱似的成分。我说："等我？等我干什么？"她说："您不是答应再给我些您家不要的东西吗？"我这才想起对她的许诺，搪塞地说："挺多呢，你也拎不动啊！""喏"——她朝一旁翘了翘下巴，一个小车就在她脚旁。说那是"车"，很牵强，只不过是一块带轮子的车底板。显然也是别人家扔的，被她捡了。我问她，脚好了吗？她说还贴着创可贴呢，但已经不怎么疼了。之后，一双大眼瞪着我又强调地说："我都等了您几个早晨了。"

　　我说："女孩，你得知道，我家要处理的东西，一向都是给传达室朱师傅的。已经给了几年了。"我的言下之意是，不能由于你改变了啊！

　　她那双大眼睛微微一眯，凝视我片刻说："他家里有个十八九岁的残疾女儿，你喜欢她是不是？"我不禁笑着点了一下头。"那，一次给她家，一次给我，行不？"她专执一念地对我进行说服。我又笑了。我说："前几天刚给过你一次，再有不是该给他家了吗？"她眨眨眼说："那，你已经给他家几年了，也多轮我几次吧！"我又想笑，却怎么也笑不起来了。心里一时地很觉酸楚，替眼前花蕾之龄的女孩，也替她那张能说会道的小嘴儿。我终不忍令她太过失望，二次使她满足……我第三次见到那女孩，日子已快临近春节了。我开口便道："这次可没什么东西打发你了。"女孩说："我不是来要东西的。"她说从我给她的旧书刊中发现了一个信封，怕我找不到着急，所以接连两三天带在身上，要当面交我。那信封封着口，无字。我撕开一看，是稿费单及税单而已。她问："很重要吧？"我故意说："是的，很重要，谢谢你。"她笑了："咱俩之间还谢什么。"她那窃喜的模样，如同受到了庄严的表彰。而我却看出了破绽——封口处，留下了两个小小的脏手印儿。夹在书刊里寄给我的单据，从来是不封信封口的。好一个狡黠的"穷人的女儿"啊！她对我动的小心眼令我心疼她。"看"——她将一只脚伸过栅栏，我发现她脚上已穿着双新的棉鞋，摊儿上卖的那一种。并且，她一偏她的头，故意让我瞧见她的两只小辫已扎着红绫了。我说："你今天真漂亮。"她悠荡着身子说："我妈妈决定，今年春节我们不回老家了。""爸爸是干什么的？"她略一愣，遂低下了头。我正后悔自己不该问，她抬起头说："叔叔，初一早晨我会给您拜年。"我说不必。她说一定。我说我也许会睡懒觉。她说那她就等。说您不会初一整天不出家门的呀。说她连拜年的话都想好了："叔叔，马年吉祥，恭喜发财！""叔叔，我一定来给您拜年！"说完，猛转身一蹦一跳地跑了。两条小辫上扎的红绫，像两只蝴蝶在她左右肩翻飞……

初一我起得很早。倒并不是因为和那"穷人的女儿"有个比较郑重的约会，而是由于三十儿夜晚看一本书看得失眠了。我是个越失眠反而越早起的人。却也不能说与那个比较郑重的约会毫无关系。其实我挺希望初一一大早走出家门，一眼看见一个一身簇新，手儿、脸儿洗得干干净净，两条齐肩小辫扎得精精神神的小姑娘快活地大声给我拜年："叔叔，马年吉祥，恭喜发财！"——尽管我不相信那真能给我带来什么财运……

一上午，我多次伫立窗口朝下望，却始终不见那"穷人的女儿"的小身影。下午也是。到今天为止，我再没见过她。却时而想到她。每一想到，便不由得在内心默默祈祷：小姑娘，马年吉祥，恭喜发财……

玻璃匠和他的儿子

　　二十世纪八十年代以前，城市里每能见到一类游走匠人——他们背着一个简陋的木架走街串巷；架子上分格装着些尺寸不等、厚薄不同的玻璃。他们一边走一边招徕生意："镶——窗户！……镶——镜框！……镶——相框！……"

　　他们被叫作"玻璃匠"。有时，人们甚至直接这么叫他们："哎，镶玻璃的！"

　　他们一旦被叫住，他们就有点儿钱可挣了。或一角，或几角。总之，除了成本，也就是一块玻璃的原价。他们一次所挣的钱，绝不会超过几角去。一次能挣五角钱的活，那就是"大活儿"了。他们一个月遇不上几次大活儿的。一年四季，他们风里来雨里去，冒酷暑，顶严寒，为的是一家人的生活。他们大抵是些由于这样或那样的原因而被拒在"国营"体制以外的人。按今天的说法，是些当年"自谋生路"的人。有"玻璃匠"的年代，城市百姓的日子都过得很拮据，也特别仔细。不论窗玻璃裂碎了，还是相框玻璃或镜子裂碎了，那大块儿的，是舍不得扔的，专等玻璃匠来了，给切割一番，拼对一番。要知道，那是连破了一只瓷盆都舍不得扔，专等铜匠来了给铜上的穷困年代啊！……

玻璃匠开始切割玻璃时，每每吸引不少好奇的孩子围观。孩子们的好奇心，主要是由"玻璃匠"那一把玻璃刀引起的。玻璃刀本身当然不是玻璃的。玻璃刀看上去都是样子差不了哪儿去的刃具，像临帖的毛笔。刀头一般长方而扁，其上固定着极小极小的一粒钻石。玻璃刀之所以能切割玻璃，完全靠那一粒钻石。没有了那一粒小之又小的钻石，一把玻璃刀便一钱不值了。玻璃匠也就只得改行，除非他再买一把玻璃刀。而从前一把玻璃刀一百几十元，相当于一辆新自行车的价格，对于靠镶玻璃养家糊口的人，谈何容易！并且，也极难买到。因为在当时的中国，钻石本身太稀缺了。所以当时中国的玻璃匠们，用的几乎全是从前的，即一九四九年前的玻璃刀。将一粒小之又小的钻石固定在铜或钢的刀头上，是一种特殊的工艺。可想而知，玻璃匠们是多么爱惜他们的玻璃刀！与侠客对自己的兵器的爱惜程度相比，也是不算夸张的。每一位玻璃匠都一定为他们的玻璃刀做了套子，像从前的中学女生为自己心爱的钢笔织一个笔套。有的玻璃匠，甚至为他们的玻璃刀做了双层的套子。一层保护刀头，另一层连刀身都套进去；再用一条链子系在内衣兜里，像系着一块宝贵的怀表似的。当他们从套中抽出玻璃刀，好奇的孩子们就将一双双眼睛瞪大了。玻璃刀贴着尺在玻璃上轻轻一划，随之出现一道纹，再经玻璃匠的双手有把握地一掰，玻璃就沿纹齐整地分开了，在孩子们看来那是不可思议的……

我的一位中年朋友的父亲，便是从前年代的一名玻璃匠。他的父亲有一把德国造的玻璃刀。那把玻璃刀上的钻石，比许多玻璃刀上的钻石都大，约半个芝麻粒儿那么大。它对于他的父亲和他一家来说，意味着什么不必细说。

有一次，我这位朋友在我家里望着我父亲的遗像，聊起了自己曾是玻璃匠的父亲，聊起了那一把被他父亲视如宝物的玻璃刀。我听他娓娓道来，心中感慨万千。

他说他父亲一向身体不好，脾气也不好。他十岁那一年，他母亲去世了，从此他父亲的脾气就更不好了。而他是长子，下边有一个弟弟一个妹妹。父亲一发脾气，他就首先成了出气筒。年纪小小的他，和父亲的关系越来越紧张，也越来越冷漠。他认为他的父亲一点儿也不关爱他和弟弟妹妹。他暗想，自己因而也有理由不爱父亲。他承认，少年时的他，心里竟有点儿恨自己的父亲……

有一年夏季，父亲回老家去办理祖父的丧事。父亲临走，指着一个小木匣严厉地说："谁也不许动那里边的东西！"——他知道父亲的话主要是说给他听的。同时猜到，父亲的玻璃刀放在那个小木匣里了。但他毕竟是个孩子啊！别的孩子感兴趣的东西，他也免不了会对之发生好奇心的呀！何况那东西是自己家里的，就放在一个没有锁的、普普通通的小木匣里！于是父亲走后的第二天他打开了那小木匣，父亲的玻璃刀果然在内。但他只不过将玻璃刀从双层的绒布的套子里抽出来欣赏一番，比划几下而已。他以为他的好奇心会就此满足，却没有。第三天他又将玻璃刀拿在手中，好奇心更大了。找到块碎玻璃试着在上边划了一下，一掰，碎玻璃分为两半，他就觉得更好玩了。以后的几天里，他也成了一名小玻璃匠，用东捡西拾的碎玻璃，为同学们切割出了一些玻璃的直尺和三角尺，大受欢迎。然而最后一次，那把玻璃刀没能在玻璃上划出纹来，仔细一看，刀头上的钻石不见了！他这一惊非同小可，心里毛了，手也被玻璃割破了。他怎么也没想到，使用不得法，刀头上那粒小之又小的钻石，是会被弄掉的。他完全搞不清楚是什么时候掉的，可能掉在哪儿了，就算清楚，又哪里会找得到呢？就算找到了，凭他，又如何安到刀头上去呢？他对我说，那是他人生中所面临的第一次重大事件。甚至，是唯一的一次重大事件。以后他所面临过的某些烦恼之事的性质，都不及当年那一件事严峻。他当时可以说是吓傻了……由于恐惧，那一天夜里，他想出了一个卑劣的方法——第二天他向同学借了一把小镊子，将一小块碎玻璃在石块上仔仔细细捣得粉碎，夹起半个芝麻粒儿那么小的一个玻璃碴儿，用胶水粘在玻璃刀的刀头上了。那一年是一九七二年，他十四岁……

三十余年后，在我家里，想到他的父亲时，他一边回忆一边对我说："当年，我并不觉得我的办法卑劣。甚至，还觉得挺高明。我希望父亲发现玻璃刀上的钻石粒儿掉了时，以为是他自己使用不慎弄掉的。那么小的东西，一旦掉了，满地哪儿去找呢？即使找不到，哪怕怀疑是我搞坏的，也没有什么根据。只能是怀疑啊！"

他的父亲回到家里后，吃饭时见他手上缠着布条，问他手指怎么了。他搪塞地回答，生火时不小心被烫了一下。父亲没再多问他什么。

翌日，父亲一早背着玻璃箱出门挣钱去，才一个多小时后就回来了，脸上阴云密布。他和他的弟弟妹妹吓得大气儿都不敢出一口。然而父亲并没问玻璃刀的事，只不过仰躺在床上，闷声不响地接连吸烟……

下午，父亲将他和弟弟妹妹叫到跟前，依然阴沉着脸但却语调平静地说："镶玻璃这种营生是越来越不好干了。哪儿哪儿都停产，连玻璃厂都不生产玻璃了。玻璃匠买不到玻璃，给别人家镶什么呢？我要把那玻璃箱连同剩下的几块玻璃都卖了。我以后不做玻璃匠了，我得另找一种活儿挣钱养活你们……"

他的父亲说完，真的背起玻璃箱出门卖去了……

以后，他的父亲就不再是一个靠手艺挣钱的男人了，而是一个靠力气挣钱养活自己儿女的男人了。他说，以后他的父亲做过临时搬运工，做过临时仓库看守员，还做过公共浴堂的临时搓澡人，居然还放弃一个中年男人的自尊，正正式式地拜师为徒，在公共浴堂里学过修脚……

　　而且，他父亲的暴脾气，不知为什么竟一天天变好了，不管在外边受了多大委屈和欺辱，再也没回到家里冲他和弟弟妹妹宣泄过。那当父亲的，对于自己的儿女们，也很懂得问饥问寒地关爱着了。这一点一直是他和弟弟妹妹们心中的一个谜，虽然都不免奇怪，却并没有哪一个当面问过他们的父亲。

　　到了我的朋友三十四岁那一年，也就是二十世纪九十年代初，他的父亲因积劳成疾，才六十多岁就患了绝症。在医院里，在曾做过玻璃匠的父亲的生命之烛快燃尽的日子里。我的朋友对他的父亲孝敬倍增。那时，他们父子的感情已变得非常深厚了。一天，趁父亲精神还可以，儿子终于向父亲承认，二十几年前，父亲那一把宝贵的玻璃刀是自己弄坏的，也坦白了自己当时那一种卑劣的想法……

　　不料他父亲说："当年我就断定是你小子弄坏的！"

　　儿子惊讶了："为什么，父亲？难道你从地上找到了……那么小那么小的东西啊，怎么可能呢？"

　　他的老父亲微微一笑，语调幽默地说："你以为你那种法子高明啊？你以为你爸就那么容易受骗呀？你又哪里会知道，我每次给人家割玻璃时，总是习惯用大拇指抹抹刀头。那天，我一抹，你粘在刀头上的玻璃碴子，扎进我大拇指肚里去了。我只得把揣进自己兜里的五角钱又掏出来退给人家了。我当时那种难堪的样子就别提了，好些个大人孩子围着我看呢！儿子你就不想想，你那么做，不是等于要成心当众出你爸爸的洋相么？"

儿子愣了愣，低声又问："那你，当年怎么没暴打我一顿？"

他那老父亲注视着他，目光一时变得极为温柔，语调缓慢地说："当年，我是那么想来着。恨不得几步就走回家里，见着你，掀翻就打。可走着走着，似乎有谁在我耳边对我说，你这个当爸的男人啊，你怪谁呢？你的儿子弄坏了你的东西不敢对你说，还不是因为你平日对他太凶么？你如果平日使他感到你对于他是最可亲爱的一个人，他至于那么做吗？一个十四岁的孩子，那么做是容易的吗？换成大人也不容易啊！不信你回家试试，看你自己把玻璃捣得那么碎，再把那么小那么小的玻璃碴粘在金属上容易不容易？你儿子的做法，是怕你怕的呀！……我走着走着，我就流泪了。那一天，是我当父亲以来，第一次知道心疼孩子。以前呢，我的心都被穷日子累糙了，顾不上关怀自己的孩子们了……"

"那，爸你也不是因为镶玻璃的活儿不好干了才……"

"唉，儿子你这话问得！这还用问么？"

我的朋友，一个三十五六岁的儿子，伏在他老父亲身上，无声地哭了。

几天后，那父亲在他的两个儿子一个女儿的守护之下，安详而逝……

我的朋友对我讲述完了，我和他不约而同地吸起烟来，长久无话。

　　那时，夕照洒进屋里，洒了一地，洒了一墙。我老父亲的遗像，沐浴着夕照，他在对我微笑。他也曾是一位脾气很大的父亲，也曾使我们当儿女的都很惧怕。可是从某一年开始，他忽然判若两人似的，变成了一位性情温良的父亲。

　　我望着父亲的遗像，陷入默默的回忆——在我们几个儿女和我们的老父亲之间，想必也曾发生过类似的事吧？那究竟是一件什么事呢？——可我却没有我的朋友那么幸运，至今也不知道。而且，也不可能知道了，将永远是一个谜了……

老茶农和他的女儿

　　当女儿的手轻轻推开了窗扇，呵———一阵馥郁的气息随之而至。顿时，她几乎醉了。

　　那是茶乡的早晨的气息。

　　城市和乡村的最根本的区别乃在于——乡村是有气息的，正如婴儿是浑身散发奶味的。而城市没有。

　　窗外，山丘波状的曲线近在眼前。一行行修剪过的茶树，从山脚至山头，层层叠叠，宛如梯田，使整座山丘成为茶山。

　　在对面的山腰，有这一户人家的几亩茶树。而房屋的左右两边，也是茶山。后边，是一条河。晚上，汩汩之声，彻夜入耳。那是河的永无休止的絮语，也是这茶乡的人们听惯了的。孩子们在家乡河的絮语声中长大成人，于是到城市里去试探人生的前途和世界的深浅。或者，像父母辈一样，成为新一代的茶农。近年，这茶乡的年轻人中，前一种越来越多了，后一种越来越少了。因为种茶也像种庄稼一样，一年到头，辛辛苦苦，也挣不到多少钱了。外出的年轻人，即使在城市里始终没有获得到什么有保障的人生，那也还是不情愿回到这一个茶乡的。偶尔回来，往往是由于自己在城市里闯荡得实在是太累了，或者父母病了……

然而芸这一次回到家乡来，却是为了能在一个绝对不受任何干扰的地方潜心完成她的"出站"论文的。芸是这个茶乡的骄傲。因为她不但至今仍是这个茶乡唯一考上大学的姑娘，而且现在已经读到博士后了。所以她要完成的论文，也就不是什么一般的毕业论文，而叫"出站"论文。一般听了，是不太明白的。

芸在清明前十几天就回到茶乡了，那时的南方，天气还没怎么转暖。父亲每天起得很早，悄无声息地做好饭，热在锅里，然后自己便背着茶篓上山采茶去了。有时自己也吃几口饭；有时，则连口饭也不吃。芸习惯了熬夜。为将论文写到优等的水平，每天睡得很晚，自然起来得也就很晚。一般总是在八点钟以后才醒。散步、洗漱、吃罢早饭，也就快九点了。一回到房间，便又埋头于写作了。等到父亲叫她的时候，肯定便是中午了。那时父亲已采回过一篓茶叶了。无论第二篓茶叶采满还是没采满，父亲都会在中午之前及时赶回家里，为的是能让女儿及时吃到午饭。开饭的时间，和大学食堂一样正点。午饭后，父亲刷锅洗碗，闲不住地收拾收拾这儿，打扫打扫那儿。而芸，照例再出去散步一小会儿。等芸散步回来，父亲或者盖件衣服在竹躺椅上睡着了，或者又背着茶篓采茶去了。那么，芸也开始午休了。她往往一觉睡到三点钟。那时，父亲已背回了下午采的第一篓茶。父亲总是悄无声息地回来，又悄无声息地离去。那些日子，父亲经常说："茶叶又涨价了。新茶生出得那么快，可是生出的一笔笔钱啊，不采回家里多可惜。"有时是对芸说，有时是自言自语。对芸说的时候，是在饭桌上的时候；自言自语的时候，是在芸放下碗筷要去散步的时候。那时候，芸并不接话的。怕一接话，父亲就跟她说起来没完。对于父亲的自言自语，芸只当是人老了，很普遍的现象。

在家乡的日子里，确切地说是在回家的日子里，芸的感觉好极了。芸至今还是一个独身女子。她不是一个漂亮女子，当然也不是一个多么丑的学习机器。她只不过不漂亮而已。那么对于她，在这个世界上目前只有一个家，便是有父母的地方，便是这个茶乡的这一幢两层的老木屋。它留给她的回忆都是那么的温暖。正如她所料想的那样，她写论文的过程没受到过任何干扰。除了在她回到家里的当天，有些乡亲们闻讯来看她，家里再就没人来过。因为父亲和乡亲们打过招呼。那天父亲往家院外送乡亲们时，芸听到父亲这么说："我女儿这次回来和往年回来不一样。她这次是为了能安心地写好论文才回来的。那对她将来的前途要紧得很哩！大伙儿互相转告转告，还没来看过她的，先就不要来了吧。等我女儿写好了论文再来看她也不迟。"第二天吃早饭时，芸关心地问父亲为什么夜里咳嗽不止？并表示愿意陪着父亲到镇里的医院去检查检查。父亲笑了笑，说没什么大不了的，老毛病了，春秋两季常犯的，过了季节就好了。她本想到镇里去替父亲买药的，但一离开饭桌，伏到写字桌上去，不一会儿就忘了。晚上，父亲夹着被褥睡到楼下去了。芸也就没听到过父亲的咳嗽声……

芸有一个哥哥。哥哥嫂子有一个女儿，已经七岁了。哥哥嫂子带着女儿到广州打工去了。若从广州回来就和父亲住在一起。他们还没有自己的家。他们带着孩子到广州去打工，为的就是挣够一笔足够的钱，也好早日盖起一处他们自己的家。而芸的母亲五年前去世了，芸竟没能及时赶回家乡和母亲见上最后一面。芸在大学里读的是新闻专业，毕业了通常是要当记者的。省城的一家报社在学校里进行招聘活动时，面试后对芸相当满意，基本上是将她预先聘定了。是她自己后来变卦了。大学快毕业的芸，对自己的人生有了更高的追求，觉得当记者太没意思了。人生的更高的追求，在芸的思想里，肯定是要凭借更高的学历去实现的。于是考研。芸有很好的记忆力，不久便成了本校经济学系的研究生。然而经济学非是她所喜欢的，也不相信学了经济学自己的人生将来便注定获得优越的经济基础，于是又向比更高还高的人生目标发起冲刺；三年后她成了北京某所大学中文系的博士生，专业方向是中国古典诗词研究。

母亲正是在她成为博士生那一年去世的。母亲去世前，哥哥曾给她写过一封信，告诉她母亲是多么想她，而且病了。那时芸正以"头悬梁，锥刺股"般的刻苦精神备考，哪里会接到哥哥的一封信就十万火急地赶回家呢？等她顺利考完，隔了几天回到家乡时，母亲已成土中之人。芸自然是很悲痛的。她埋怨哥哥不该在信中将母亲的病告之得那么轻描淡写。而哥哥，一句话都没说，狠狠瞪她一眼，起身走到外边去了。倒是父亲向她承认，是他不许哥哥在信中写得太明白，怕她着急上火，影响了考博的状态。

事实上，芸是幸运的，在获得研究生文凭以后，也曾有多种在省城就业的机会。但已经获得了研究生文凭的芸，觉得自己的就业人生不该是在省城里开始，而应该是在北京实现。既然自己具有那么强的记忆能力，既然自己那么善于考试，既然考博能使自己特别令人羡慕地成为北京人，干吗不呢？而读博的几年里，芸的日子基本上过得挺快活。人生初级阶段的最后竞争业已获胜，怀抱着不可名状的优越感，芸也有好情绪进行恋爱了。两次恋爱却都未成功。一次因男方多次地也是公然地蔑视她的博士学位而夭折；一次因她自己的虚荣而告终——那个男人对她倒是无限的崇拜，但是个子比她矮了三厘米。如果她不是博士，仅仅是一名普通的大本毕业生，那么那三厘米的身高差距她也许还是可以包涵的。但是自己已经是一位女博士生了啊，于是那三厘米的差距她就无论怎么也跨不过去了。然而她倒也没觉得心灵上留下了多么大的创面。疼还是疼过几天的，仅仅几天之后就结痂了，日子便又渐渐恢复了快活的状态。干吗不快活呢？

校园的环境那么美好；两人一间宿舍；博士同学是已婚女子，更多的时候那间宿舍完全属于她自己；如果自己并不向导师请教什么问题，导师是不怎么过问她究竟在干什么的；至于专业呢，古典诗词的背后，有着许许多多或流芳千古或鲜为人知的才子佳人们的爱情故事，对于芸而言，研究那些故事是趣味无穷的；而最主要的心情快活的保障是——她再也不像是大本生和研究生时那么手头拮据了。博士生的生活补助够每月吃饭的了，协助导师编书的报酬也不菲。自己还为某杂志开辟了一个专门介绍古典诗词背后的爱情故事的专栏，颇受好评，杂志社竟给她开出了最高稿酬，每月又是相当稳定的一千来元的入项……

昨天晚上，吃罢饭，芸没有像往日一样立刻起身回到自己的房间去。

她说："爸，我的论文写完了！"——说完，伸了个懒腰，一副大功告成的喜悦模样儿。她对自己的论文质量很满意，也很自信。

父亲望着她，欣慰地说："好啊。写完了好。"

芸又说："我怎么觉得我没瘦，反而胖了呢！"

父亲就笑了，再没说话。

怎么会瘦了呢？

饭桌上几乎顿顿没断过鱼汤或鸡汤。老茶农对自己是博士的女儿的爱心，全都煨在汤里了。

"爸，我已经决定了明天下午就回北京去。"

"明天就回去？"

"我想学校的环境了。爸，我们的校园可大了，可美了！有湖，还有假山。湖里有野鸭，我想那些野鸭了……"

"女儿，你是不是还要再往下读好几年的书呢？"

"爸，我再也不必考什么学位了！我想，我已经该算是我这个专业的精英了。"

"什么鹰？"

"爸，你别想错了！好比一座宝塔，我已经是塔尖上的人了。"

"好。好啊。女儿，你终于出息了……"

不知为什么，父亲嘴上这么说着，表情却变得忧郁了。

女儿困惑地问："爸，你有什么愁事儿吗？"

老茶农微微摇头道："没有。女儿，你这么出息，爸爸还会有什么愁事呢？就是真有，也不愁了。只是，茶叶又涨价了……"

"茶叶涨价了不是好事吗？"

"是啊，是好事。可我一个人，采不过来啊！"

"爸，那就雇人嘛！"

"雇人倒是省事。但四六分钱，一小半被别人得了，不划算啊！"

"爸，采一斤茶叶能卖多少钱？"

"十二三元呢。"

"那您一天采十斤，不才能卖一百二三十元嘛？爸，您就别计较划算不划算的了，干脆雇人吧！"

"干脆雇人？"

"干脆雇人！"

临睡前，当女儿的塞给父亲一千元钱，说是早就想寄回家来孝敬父亲的。

父亲却无论如何不肯收下。父亲说："女儿，我不缺钱。真的不缺。你在北京花销大，还是你留着吧。"

……………

现在，女儿的皮箱已经放在门口了，单等着听到摩托车的喇叭声，拎起来就走了。

她已归心似箭。

可父亲为什么还不回来呢？

女儿望着山上那些采茶的身影，看不出哪一个是自己的父亲。

可自己一会儿就要走了，父亲为什么一早还要上山去采茶呢？不就多采回一斤茶才能卖十二三元钱吗？

女儿心里正这么责备着父亲，却听到了父亲上楼的脚步声；一转身，父亲已在跟前，手拿一只塑料袋，里边装的是刚煮熟的茶叶蛋。就在此时，一个本村的小伙子，在老屋前按响了他的摩托车喇叭。父亲头天晚上求他用摩托车将芸送到镇上去，镇上有去省城的长途公共汽车……

当芸已经坐在直达北京的特快列车上时，认出坐在自己对面的，竟是邻村的一位远房叔叔。

于是二人亲热地聊了起来。

"叔，到北京干什么去？"

"还能干什么去？打工呗！"

"如今一斤茶就能卖十二三元了，还非得背井离乡地去打工？"

"谁说一斤茶叶能卖十二三元了？"

"我父亲啊。"

"他骗你哩！现而今茶叶不稀罕了，种茶的收入也薄多了。清明前的头遍茶，最高价也就以每斤四五元来收！清明一过，一斤才能卖两元钱！"

"可，可……可我爸他骗我干什么呢？"

"我怎么知道！哎，芸啊，你父亲的病轻了重了？"

"我父亲……我父亲得什么病了？"

"你不知道？你不知道，我倒不好说了……"

"叔，快告诉我！……"

"唉，芸啊，你父亲他得的是肺癌啊！他已经是个活一天赚一天的人了啊！……"

车轮隆隆……

列车向北，向北……

直达北京，而且特快，自然向北……

那茶乡，那老屋，那驻守着老屋的老父亲，离是博士后的女儿分分秒秒地远离着……

车轮隆隆，仿佛在说："回来！回来！"

当女儿的心里霎时明白了——茶叶的价格已经降到两元钱一斤了，而父亲却骗她说涨到十二三元一斤了；分明地，老父亲多希望她这一个是博士后的女儿能留下帮他采几天茶呀！茶叶究竟多少钱一斤哪里还重要呢？……

车轮隆隆，仿佛在说："分明，分明……"

是博士后的女儿，顿时省悟了——苦读十四年，年年月月收到过钱，原来是父亲、母亲、哥哥和嫂子，以每采一斤茶叶才挣几元钱的辛勤劳作成全着她的人生追求啊！

如今母亲已是泉下之人，而父亲说不定哪一天也是了……自己心里边所装的却是校园湖里的野鸭们！

"唉，芸啊，我觉得你是读书读傻了哩！你父亲身体那么单薄了，脸色那么不好了，你怎么就会一点儿都没看出来呢？"

女博士早已泪流满面！

她在心里对自己说："我不是读书读傻了呀，我是……我是……"

车轮隆隆……

列车向北，向北……

车厢里忽然响起了哭声……